KB166146

이방인

이방인

알베르 카뮈 │ 이휘영 옮김

문예출판사

L'Étranger

Albert Camus

차례

이방인 • 7

배교자 • 147

작가와 작품 세계 • 175

알베르 카뮈 연보 • 183

이방인

L'Étranger

1부

1

오늘 어머니가 세상을 떠났다. 어쩌면 어제였는지도 모른다. 양로원에서 전보가 온 것이다.

'모친 사망, 명일 장례식, 경백(敬白).'

그것만으로는 알 수가 없다. 아마 어제였는지도 모르겠다. 양로원은 알제에서 한 팔십 킬로미터쯤 떨어진 마랑고에 있다. 두 시에 버스를 타면, 날이 저물기 전에 도착할 수 있을 것이다. 그러면 밤샘을 할 수도 있을 것이고, 내일 저녁에는 돌아올 수 있으리라. 나는 사장에게 이틀 동안의 휴가를 청했다. 사장은 이유가 이유인 만큼 거절할 수가 없었다. 그러나 좋아하지 않는 눈치였다. 나는 이런 말까지 했다.

"그건 제 탓이 아닙니다."

사장은 아무 대답도 하지 않았다. 그제서야 나는 그런 소리는 하지 말았어야 했다고 생각했다. 결국 내가 변명할 필요는 없었던 것이다. 오히려 그가 나에게 조의를 표하는 것이 마땅한 일이었다. 아마 모레, 내가 상복 차림을 하고 있는 것을 보면 무슨 말이든 하겠지. 지금은 어쩐지 어머니가 죽지 않은 듯한 느낌이다. 장례식이 지난 다음에는 확정적인 사실이 되어 모두가 더 격식을 갖추게 될 것이다.

두 시에 버스를 탔다. 날씨가 몹시 더웠다. 나는 늘 하던 대로 셀레스트네 레스토랑에서 점심을 먹었다. 레스토랑 사람들은 나를 가엾게 여겨 모두 슬퍼해주었고, 셀레스트는 나에게 말했다.

"어머니란 하나밖에 없는 존재니 오죽하겠소!"

내가 나올 때는 모두들 문간까지 바래다주었다. 나는 좀 무심했다고 아니할 수 없었다. 왜냐하면 도중에서야 생각이 나서, 에마뉘엘의 집에 들러 검은 넥타이와 상장을 빌리지 않으면 안 되었기 때문이다. 에마뉘엘은 몇 달 전에 그의 아저씨를 잃었다.

버스를 놓치지 않으려고 나는 뛰어갔다. 그처럼 서두르며 달음박질을 치고 버스에서 흔들리고 게다가 가솔린 냄새, 하늘과 길 위에 반사되는 일광 등 그러한 모든 것 때문에 아마 잠이 들었던 모양이다. 나는 버스에서 거의 내내 자버렸다. 눈을 떴을 때는 어떤 군인의 어깨에 기대어 있었는데, 그는 나에게 웃어 보이며, 먼 데서 오느냐고 물었다. 나는 더 말하기가 싫어서 그렇다고 대답했다.

양로원은 마을에서 이 킬로미터쯤 떨어진 곳에 있다. 나는 걸어서 갔다. 곧 어머니를 보려고 하였으나, 문지기가 하는 말이 원장을 만나지 않으면 안 된다는 것이었다. 원장이 바빠서 조금 기다려야만 했다. 그동안 문지기는 줄곧 이야기를 했다. 이윽고 나는 원장을 만났다. 원장은 자기 사무실에서 나를 맞이해주었다. 레종 도뇌르 훈장을 단, 키가 작은 늙은이였다. 그는 맑은 눈초리로 나를 쳐다보았다. 그러고는 내가 내민 손을 붙들고 어찌나 오랫동안 놓지 않던지, 나는 손을 어떻게 거두어들여야 할지 매우 난감했다. 원장은 서류를 뒤적이고 나서 말했다.

"뫼르소 부인은 지금부터 삼 년 전에 이곳에 들어왔습니다. 의지할 사람이라고는 당신밖에 없었지요."

나는 그가 나를 나무라는 것이라고 생각하고 사정 이야기를 하기 시작했다. 그러나 그는 나의 말을 가로막았다.

"변명할 필요는 없습니다. 서류를 읽어보았는데, 어머님을 부양하실 수가 없었더군요. 어머님을 돌보아줄 사람이 필요했지만 당신의 월급은 적었어요. 어쨌든 어머님께선 여기 계시는 것이 더 행복하셨습니다."

"네, 그렇습니다, 원장님."

그는 덧붙였다.

"어머님께는 같은 연배의 친구들이 몇 분 계셨습니다. 그들과 함께 지나간 옛날 이야기를 할 수도 있었어요. 당신은 젊어서 당신과 함께 살았다면 아무래도 적적하셨을 겁니다."

그것은 사실이었다. 집에 있었을 때 어머니는 아무 말없이 나를 바라보기만 하며 시간을 보냈던 것이다. 양로원으로 들어가고 난 처음 며칠 동안은 가끔 우는 일도 있었다. 그러나 그것은 습관 탓이었다. 몇 달 후에는 양로원에서 다시 모셔오겠노라고 했더라도, 역시 습관 때문에 울었을 것이다. 마지막 해에 내가 양로원에 별로 가지 않은 데는 그러한 이유도 약간 있었다. 그것은 또 일요일을 허비해야 하고, 버스 정류장까지 가서 차표를 사 가지고 두 시간 동안이나 여행을 해야 하는 것이 귀찮기 때문이기도 했다.

원장은 다시 이야기를 계속했다. 그러나 나는 듣는 둥 마는 둥 있었다. 이윽고 그는 이렇게 말했다.

"물론 어머님을 보고 싶으실 테지요."

나는 아무 대답도 하지 않고 일어서서 방문을 향해 가는 그의 뒤를 따랐다. 계단으로 나서며 그는 설명을 덧붙였다.

"시체는 조그만 빈소로 옮겨놓았습니다. 다른 사람들을 자극하지 않으려고 그렇게 하는 것입니다. 원내에서 사망자가 생길 때마다 이삼일 동안은 다른 사람들의 신경이 날카로워져서 거북한 일이 많답니다."

우리는 안뜰을 지나갔는데, 거기에는 늙은 노인들이 많이 모여 두서넛씩 이야기들을 하고 있었다. 우리가 지나갈 때에는 잠시 말이 없다가, 지나간 뒤에는 다시 이야기가 시작되었다. 마치 재잘거리는 앵무새들의 소리와도 같았다. 조그만 집 문 앞에 이르러 원장은 나를 두고 가버렸다.

"그럼, 저는 가겠습니다, 뫼르소 선생. 언제든지 사무실로 오시면 뵙겠습니다. 장례식은 아침 열 시로 예정되어 있습니다. 밤샘하실 것을 생각해서 그렇게 정한 것입니다. 끝으로 한 말씀 드리겠는데, 어머님께서는 가끔 원우들에게 장례식은 종교장으로 해주었으면 하는 희망을 표시하셨던 모양입니다. 종교장에 필요한 모든 준비는 제가 해놓았습니다. 그 점 미리 알려드립니다."

나는 원장에게 사례를 하였다. 어머니는 무신론자랄 것도 없었지만, 생전에 종교를 생각한 적이 없었다.

나는 안으로 들어갔다. 하얗게 회칠을 하고, 천장엔 유리창이 달린 매우 밝은 방이었다. 의자들과 X자 모양의 틀들이 놓여 있었다. 방 한가운데 있는 두 개의 틀 위에는 뚜껑이 덮인 관이 가로놓여 있었다. 호두 기름을 칠한 판자 위에 대충 박아둔 번쩍거리는 나사못만이 드러나 보이고 있었다. 관 옆에는 흰 블라우스를 입고 머리에 짙은 빛깔의 수건을 쓴 간호사가 있었다.

그때 문지기가 내 뒤로 들어왔다. 뛰어온 모양이었다. 그는 좀 더 듬거리며 말했다.

"입관은 했습니다만, 보실 수 있도록 뚜껑을 열어드리죠."

그러면서 관으로 가까이 가려기에 나는 그를 제지했다.

"안 보시렵니까?"

"그만두겠습니다."

그는 말을 끊었고, 나는 그런 소리는 하지 말아야 했을 것을 싶어 어색해졌다. 잠시 후 그가 나를 쳐다보며 물었다.

"왜 안 보십니까?"

그러나 나무라는 어조는 아니었고, 그저 이유를 알아보자는 것 같았다. 나는 말했다.

"글쎄, 모르겠습니다."

그러자 흰 수염을 어루만지며 꼬면서 나를 보지도 않고 말했다.

"하긴 그러실 겁니다."

푸르고 맑은 그의 눈은 아름다웠으며 얼굴빛은 조금 붉었다. 그는 의자를 권하고 자기도 내 뒤에 조금 떨어져 앉았다. 간호사가 일어나서 문으로 걸어갔다. 그때 문지기가 나에게 말했다.

"종기가 나서 저렇답니다."

나는 무슨 말인지 알아차리지 못하고 간호사를 쳐다보았다. 간호사는 눈 밑을 붕대로 감고 있었는데 그것이 머리까지 둘러싸고 있었다. 코끝 언저리까지도 붕대로 싸여 편편했다. 그녀의 얼굴에는 오직 흰 붕대만이 보였다.

간호사가 가버리자 문지기가 말했다.

"저도 가보겠습니다."

내가 어떤 몸짓을 했는지 모르나 그는 그 자리에서 일어선 채 나가지 않고 있었다. 그렇게 내 등 뒤에 서 있는 것이 나를 거북하게 했다. 방 안에는 저물어가는 오후의 아름다운 빛이 가득 차 있었다. 말

벌 두 마리가 유리창에 부딪히며 윙윙거렸다. 졸음이 오는 것을 느꼈다. 문지기에게로 고개를 돌리지 않고 말했다.

"여기 오신 지 오래됐습니까?"

"오 년 됐습니다."

마치 처음부터 그 물음을 기다리고 있었다는 듯이 그는 곧 대답했다.

그리고 수다스럽게 이야기를 시작했다. 마랑고 양로원에서 문지기로 일생을 끝마치게 될 것이라고 누군가 말해주었더라면 아마 그는 매우 놀랐을 것이라 했다. 그의 나이는 예순네 살이며 파리 태생이라는 것이었다. 그때 나는 그의 이야기를 가로막고 말했다.

"그래요? 이 고장 사람은 아니시군요."

그러고는 그가 나를 원장실로 안내하기 전에 어머니의 이야기를 했던 생각이 떠올랐다. 그는 나에게 말하기를 산이 없는 평지에서는, 더구나 이 지방은 몹시 더우니까 속히 매장을 해야 한다고 했다. 그는 파리에서 살았었고 파리는 좀처럼 잊히지 않는다고 말한 것도 그때였다. 파리에서는 시체를 사흘이고 나흘이고 두기도 하지만 여기서는 서둘러야 하며, 실감할 겨를도 없이 곧 영구차를 따라가야 한다는 것이었다. 그때 그의 아내가 말했다.

"여보, 그만둬요. 그런 얘기는 이분에게 할 게 아니에요."

영감은 낯을 붉히고 사과를 했다. 나는 그들의 대화에 뛰어들었다.

"천만에요, 괜찮습니다."

나는 문지기의 이야기가 그럴듯하고 재미있다고 생각되었다.

조그만 빈소에서 문지기는 그가 극빈자로서 이 양로원에 들어왔다는 말을 했다. 그는 건장하니 일을 할 수 있으리라고 생각해 그 문지기 자리에 자원했다는 것이었다. 내가 그에게 결국 그도 역시 재원자(在院者) 가운데 한 사람이 아니냐고 지적했더니, 그는 아니라고 했다. 나는 그가 재원자의 이야기를 하면서 '그들', '그네들' 또 어쩌다가는 '늙은이들'이라는 말을 쓰는 것을 듣고 놀랐다. 재원자들 중에는 그보다 나이가 많지 않은 사람들도 있었다. 그러나 말할 나위 없이 그는 그들과는 같지 않다는 것이었다. 그는 문지기니까 어느 정도 그들에 대해 권한을 가지고 있는 셈이었다.

그때 간호사가 들어왔다. 갑자기 땅거미가 내려앉았다. 그러고는 곧이어 밤이 천장의 유리창 위로 짙어갔다. 문지기가 스위치를 돌렸을 때 별안간 쏟아지는 불빛 때문에 앞이 캄캄하도록 눈이 부셨다. 그가 식당으로 저녁을 먹으러 가자고 권했으나 나는 먹고 싶은 생각이 없었다. 그러자 그는 밀크커피를 한 잔 가져오겠노라고 했다. 밀크커피를 매우 좋아하는 나는 그러라고 했다. 조금 뒤에 그가 쟁반을 하나 들고 돌아왔다. 나는 커피를 마셨다. 커피를 마시고 나니 담배가 피우고 싶어졌으나, 어머니의 시신 앞에서 담배를 피워도 좋을지 어떨지 몰라 망설였다. 생각해보니 조금도 꺼릴 이유가 없었다. 나는 문지기에게 담배 한 대를 권하고 둘이서 함께 피웠다.

문득 그가 말했다.

"돌아가신 어머님의 친구분들도 밤샘을 하러 올 겁니다. 관습이 그러니까요. 의자와 커피를 가져와야겠습니다.”

　나는 두 개의 전등 중 하나를 끌 수 없겠느냐고 물었다. 벽에 반사되는 불빛을 견디기가 어려웠던 것이다. 문지기는 그럴 수 없다고 했다. 전기 가설이 그렇게 되어 있어서 다 켜든지 아니면 아주 꺼버리는 수밖에 없다는 것이었다. 그 후로 나는 그에게 별로 주의를 두지 않았다. 그는 나갔다가 들어와서 의자들을 늘어놓고 한 의자 위에다 커피 주전자를 놓더니 그 둘레에 찻잔을 두 개 놓았다. 그러고 나서 어머니 쪽으로 가서 나와 마주앉았다. 간호사는 방의 구석에 등을 돌리고 앉아 있었다. 무엇을 하는지 보이지 않았으나 팔을 놀리는 것으로 보아 털실로 무엇을 짜고 있다는 것을 짐작할 수 있었다. 방 안은 훈훈하고 커피를 마셔서 몸도 훈훈한데, 열린 문 틈으로 밤의 그윽한 꽃냄새가 풍겨 들어오고 있었다. 나는 좀 졸았던 모양이다.

　무엇인가 스치는 소리에 눈을 떴다. 눈을 감았던 탓에 방 안의 흰빛이 더욱 눈부셔 보였다. 내 앞에는 그림자 하나 없었고, 모든 것들의 모서리 하나하나, 곡선 하나하나가 눈에 아프게 새겨질 정도로 뚜렷이 드러나 보이고 있었다. 그때 어머니의 양로원 친구들이 들어왔다. 모두 한 여남은 명 되었는데 그들은 아무 말도 없이 그 눈부신 빛 속을 살며시 걸어 들어왔다. 그들은 의자 삐걱거리는 소리 한번 내지 않고 앉았다. 나는 그때 그들을 본 것처럼 자세히 사람을 본적이 일찍이 없었으며, 그들의 얼굴, 옷차림의 사소한 모습 하나까지도 나의 눈에 띄지 않는 것이 없었다. 그러나 그들은 어찌나 말이 없던지 이 세상 사람들이라고 믿기 어려울 정도였다. 여자들은 거의 모두 앞치마를 두르고 허리를 끈으로 졸라매어 두드러진 배를 더욱 드러내고 있었다. 나는 그때까지 늙은 여자들의 배가 얼마나 커질 수 있는지 목격한 일이 없었다. 남자들은 거의 모두 몹시 여윈 모습에 지팡이를 짚고 있었다. 그들의 얼굴을 보고 놀란 것은, 눈은 보이지도 않고 다만 주름투성이 얼굴 한가운데 희미한 빛만이 보였기 때문이다. 그들이 앉았을 때 거의 모두가 나를 바라보며 이가 빠져버린 입 속으로 입술이 말려 들어간 얼굴들을 어색하게 기울였는데, 그것이 나에게 하는 인사인지 혹은 그들의 버릇인지 알 수 없었다. 아마도 나에게 인사를 한 것이 아닌가 생각한다. 그들이 모두 문지기를 둘러싸고 나와 마주 앉아서 고개를 끄덕거리고 있는 것을 본 것은 바로 그때였다. 잠시 나는 그들이 나를 심판하려고 거기에 와 앉아 있다는 어처구니없는 인상을 받았다.

잠시 후 한 여자가 울기 시작했다. 둘째 줄에 앉은 여자였는데, 앞에 앉은 다른 여자에게 가려 잘 보이지 않았다. 짧은 소리를 규칙적으로 잇달아 내며 울었다. 나에게는 언제까지나 그녀의 울음이 그치지 않을 것처럼 생각되었지만 다른 사람들에게는 들리지도 않는 듯했다. 그들은 맥없이 침울한 낯으로 묵묵히 앉아 있었다. 모두들 관이라든지 지팡이라든지, 무엇을 들여다보고 있었으며, 또 그저 그 한 가지만을 보고 있었다. 여자는 그냥 울고 있었다. 나는 잘 알지도 못하는 여자가 그렇게 울고 있는 것이 몹시 이상했다. 나는 그 울음소리가 듣기 싫었다. 그렇다고 그런 말을 할 수도 없었다. 문지기가 그 여자에게로 고개를 숙이고 무슨 말을 하였으나 그녀는 머리를 흔들며 뭐라고 중얼거리고는 다시 그 한결같은 울음을 계속 이어갔다. 문지기가 그때 내 곁으로 와서 앉았다. 잠시 아무 말없이 있더니 나의 얼굴을 쳐다보지도 않고 말했다.

"저 사람은 돌아가신 어머님과 매우 각별하게 지냈답니다. 돌아가신 어머님은 원내에서 그녀의 유일한 벗이었는데 이제는 그야말로 홀홀 단신이 되고 말았다는 겁니다."

우리들은 그렇게 오랫동안 앉아 있었다. 여자의 한숨과 흐느낌은 차츰 간격이 뜸해졌다. 그녀는 몹시 훌쩍거리더니 마침내 울음을 그쳤다. 졸리지는 않았으나 고단하고 허리가 아팠다. 내겐 고통스럽기만 한 그 모든 사람들의 침묵이 있을 뿐이었다. 다만 때때로 이상한 소리가 들렸는데, 그것이 무슨 소리인지 알 수가 없었다. 알고 보니, 그중의 어떤 늙은이들이 볼때기 안쪽을 빨아서 그러한 야릇한 입소리를 내고 있었다. 그들 자신은 그런 소리가 나는 것을 알지 못하고 있었다. 제각기 깊은 생각에 잠겨 있었기 때문이다. 나는 그들 앞에 눕혀진 시체는 그들의 눈에는 아무런 의미도 없다는 인상까지 받았다. 그러나 지금 생각해보면 그것은 틀린 인상이었던 듯하다.

우리들은 모두 문지기가 따라준 커피를 마셨다. 그러고는 무슨 일이 있었는지 모르겠다. 밤이 지나갔다. 한 번 눈을 떠보았을 때 노인들은 모두 쭈그린 채 잠이 들어 있었는데, 한 사람만은 지팡이를 그러쥔 손등 위에 턱을 괴고 마치 내가 깨기만을 기다리고 있었다는 듯이 나를 뚫어지게 바라보고 있었던 것을 기억한다. 그러고는 다시 잠이 들어버렸다. 허리의 통증이 더욱 심해져서 눈을 떴다. 날이 새어 유리창으로 빛이 들고 있었다. 조금 뒤에 노인 한 사람이 잠에서 깨어 기침을 했다. 그는 체크 무늬가 있는 커다란 손수건에 침을 뱉고 있었는데 객담을 할 적마다 마치 토한다기보다는 잡아뽑는 듯했다. 그는 다른 사람들을 깨웠고 문지기는 갈 시간이 되었다고 알려주었다. 그들은 일어섰다. 괴로운 밤샘으로 말미암아 그들의 얼굴은 부옇게 떠 있었다. 매우 놀라운 일이었지만, 그들은 모두 방문을 나서면서 나의 손을 잡고 악수를 했다. 마치 서로 이야기 한마디도 주고받지 않은 그날 밤 덕에 우리들의 친밀감이 더 두터워지기라도 한 것처럼.

나는 피곤했다. 문지기가 자기 방으로 인도해주어서 간단한 세수를 할 수 있었다. 그리고 또 밀크커피를 마셨는데 맛이 매우 좋았다. 밖으로 나왔을 때는 해가 중천에 떠 있었다. 바다와 마랑고 사이에 있는 언덕들 위의 하늘에는 붉은 빛이 가득히 퍼지고 있었다. 언덕 위로 부는 바람은 소금기 풍기는 냄새를 실어오고 있었다. 아름다운 하루가 시작되려는 것이었다. 오랫동안 야외에 나가본 일이 없던 나는, 어머니 일만 없었다면 산책하기 얼마나 즐거울까 하는 생각을 했다.

나는 뜰의 플라타너스 나무 밑에서 기다렸다. 신선한 흙 냄새를 들이마셨고 더 이상 졸음은 오지 않았다. 회사의 동료들이 생각났다. 바로 이 시간에 그들은 일터에 가려고 일어날 것이다. 나에게는 언제나 그때가 가장 어려운 시간이었다. 나는 좀 더 생각을 계속하려 했으나 집 안에서 울린 종소리에 주의가 산만해져버렸다. 창문 뒤가 한동안 소란하더니 다시 잠잠해졌다. 해는 더 높이 떠올랐다. 햇빛이 발에 뜨겁게 내리쬐기 시작했다. 문지기가 마당을 건너와서, 원장이 나를 부른다고 일러주었다. 나는 원장실로 갔다. 원장이 시키는 대로 여러 가지 서류에다 서명을 했다. 그는 줄무늬 있는 바지에 검은 웃옷을 입고 있었다. 그는 전화기를 손에 들고 말했다.

"장의사들이 조금 전에 왔습니다. 관을 닫아야겠습니다만, 그전에 한 번 더 어머님을 보시겠습니까?"

나는 보고 싶지 않다고 했다. 원장은 수화기에 대고 목소리를 낮추어서 명령했다.

"퓌자크, 인부들에게 일을 시작하라고 하게."

그러고는 자기도 장례식에 참석하겠노라고 말하기에 나는 고맙다고 했다. 그는 자기 책상 뒤에 걸터앉아 짧은 다리를 포갰다. 우리 두 사람 외에 당번 간호사도 참석하게 될 거라고 그는 덧붙여 말했다. 원칙적으로 재원자들은 장례식에 참석할 수 없어 밤샘만 시킨다는 것이었다.

"그건 인정 문제입니다" 하고 그가 말했다.

그러나 이번에는 특별히 어머니와 절친한 친구였던 토마 페레라는 노인에게 장지(葬地)까지 따라가는 것을 허락했노라고 했다. 원장은 빙그레 웃어 보이며 말했다.

"그야 좀 어린애 같은 감정이지요. 그와 어머님은 떨어져 있는 일이 거의 없었습니다. 원내에서 놀리느라고 페레에게 '당신의 약혼자구려' 하면 그는 웃곤 했어요. 그렇게 말해주는 것이 그들에겐 좋았던 겁니다. 그러니까 뫼르소 부인이 세상을 떠난 것을 그는 몹시 슬퍼하고 있을 겁니다. 그래서 장례식에 참석하는 것을 허락하지 않으면 안 될 거라고 생각했지요. 하지만 왕진 의사의 권고에 따라서 어젯밤 밤샘은 금하였습니다."

우리들은 꽤 오랫동안 말없이 있었다. 원장은 일어서서 사무실 창문으로 밖을 내다보았다. 문득 그가 말했다.

"마랑고의 사제님이 벌써 오시네. 꽤 이르시군."

마을에 있는 교회당까지 가자면, 적어도 사십오 분은 걸릴 거라고 그는 일러주었다. 우리는 내려갔다. 빈소가 있는 건물 앞에는 사제와 복사 아이 둘이 있었다. 그중 한 아이는 향로를 들고 있었는데 사제는 은줄의 길이를 조절하려고 그에게로 허리를 굽히고 있었다. 우리가 앞으로 가자 사제는 몸을 쳐들었다. 그는 나를 '아들'이라고 부르면서 몇 마디 이야기를 하였다. 그러고는 안으로 들어갔다. 나도 그 뒤를 따랐다. 방 안에는 나사못이 박힌 관과 인부 네 사람이 있었다. 영구차가 길에서 기다리고 있다는 원장의 말과 기도를 시작하는 사제의 목소리가 들렸다. 그러고 나서는 모든 것이 매우 빨리 진행되었다. 인부들은 큰 보자기를 들고 관 앞으로 나섰고, 사제와 그를 뒤따르는 아이들과 원장과 나는 밖으로 나왔다. 문 앞에 모르는 여인 하나가 서 있었다.

"뫼르소 씨입니다" 하고 원장이 말했다.

나는 그 여인의 이름을 듣지 못했고, 다만 그녀가 당번 간호사임을 알았을 뿐이다. 그녀는 웃는 기색도 없이 뼈가 앙상하게 드러난 갸름한 얼굴을 숙였다. 그리고 우리들은 시신이 지나갈 수 있도록 나란히 비켜 섰다. 우리는 인부들을 따라 양로원을 나왔다. 문 앞에 영구차가 기다리고 있었다. 모양이 기다란 데다 옻칠을 하여 번쩍거리는 모습이 필통을 연상케 했다. 영구차 앞에는 진행을 맡은 감독관이 서 있었는데 그는 괴상한 옷차림을 한 키가 작은 사나이였다. 그리고 행색이 도무지 어울리지 않는 노인 한 사람이 있었다. 나는 그가 페레 씨임을 알았다. 그는 위가 동그랗고 전두리가 넓찍한 소프트 모자를 썼으며(관이 문을 지날 때는 모자를 벗었다), 구두 위에 덮일 만큼 늘어진 바지에, 커다란 흰 칼라가 달린 셔츠에는 지나치게 작은 검정 넥타이를 매고 있었다. 주근깨가 난 코 밑에서 입술이 떨리고 있었다. 희고 가느다란 머리카락이 축 늘어진 데다 귓바퀴가 못생긴 야릇한 귀 밑으로 흘러내리고 있었다. 창백한 얼굴에 그 귀만 선지피처럼 새빨간 것이 무엇보다도 유난스러웠다. 진행을 맡은 감독관이 우리들에게 자리를 정해주었다. 사제가 앞장을 서고 다음에 영구차 주위로 네 사람의 인부, 그 뒤로 원장과 나, 끝으로 당번 간호사와 페레 씨가 따르기로 했다.

하늘에는 벌써 햇빛이 가득히 퍼져 있었다. 햇빛은 땅 위에 무겁게 내리쬐기 시작했고 더위는 점점 더 심해졌다. 왜 그러는지는 모르겠지만 길을 떠나기 전에 우리들은 오랫동안 기다렸다. 검은 옷을 입은 나는 더웠다. 모자를 썼던 노인은 다시 모자를 벗었다. 그에게로 조금 고개를 돌려 보고 있으려니까, 원장이 그의 이야기를 했다. 어머니와 페레 씨는 저녁마다 간호사와 함께 마을까지 산책을 하곤 했다고 한다. 나는 주위의 벌판을 바라보았다. 하늘 밑으로 보이는 언덕까지 잇달아 늘어선 사이프러스 나무 숲이며, 검붉고 푸른 땅, 드문드문 흩어져 있는 그린 듯한 집들을 통해 나는 어머니의 심경을 이해할 수 있었다. 그 지방에서의 저녁은 하염없이 서글픈 휴식 시간과도 같았을 것이다. 오늘은, 대기에 넘치고 있는 햇빛으로 인해 떠는 듯 어른거리는 풍경이 보기에도 비인간적이고 답답한 분위기를 자아내고 있었다.

우리는 길을 떠났다. 그때 나는 페레 씨가 다리를 약간 전다는 것을 알았다. 영구차의 속도가 점점 빨라지자 영감은 뒤로 처졌다. 영구차 곁을 따라가던 인부 한 사람도 뒤에 처져서 나와 나란히 걸어가고 있었다. 나는 태양이 하늘로 그렇게 빨리 떠오르는 것을 보고 놀랐다. 이미 오래 전부터 벌판에서는 윙윙거리는 벌레 소리와 바스락거리는 풀잎 소리가 소란스럽게 들리고 있었다. 뺨 위로 땀이 흘러내렸다. 나는 모자를 가지고 있지 않았으므로 손수건으로 부채질을 하고 있었다. 옆에서 걸어가던 인부가 그때 나에게 뭐라고 말을 하였으나 듣지 못했다. 그 인부는 오른손으로 모자를 들어올리고 왼손에 들고 있던 손수건으로 이마를 닦았다. 나는 그에게 말했다.

"뭐라고 하셨지요?"

그는 하늘을 가리키며 되풀이했다.

"무던히 내리쬡니다."

나는 "네" 하고 말했다. 조금 뒤에 그가 다시 물었다.

"어머님이 돌아가셨나요?"

나는 또 "네" 하고 대답했다.

"연세가 많으셨습니까?"

"꽤 많으셨습니다."

정확한 나이를 몰라서 그렇게 대답할 수밖에 없었다. 그러자 그는 더 이상 말이 없었다. 고개를 돌려 보니, 페레 영감이 우리 뒤로 한 오십 미터나 떨어져서 따라오고 있었다. 그는 모자를 벗어 들고 팔을 휘저으며 걸음을 재촉하고 있었다. 나는 눈을 돌려 원장을 보았다. 그는 필요 없는 몸짓은 전혀 하지 않고 매우 점잖게 걷고 있었다. 이마 위에 땀이 몇 방울 흐르고 있었지만, 그것을 닦으려고도 하지 않았다.

내가 보기에는 행렬이 좀 빠른 것 같았다. 주위에는 한결같이 햇빛을 머금어 눈부시게 빛나는 벌판뿐이었고, 하늘에서 쏟아지는 빛은 견딜 수 없을 지경이었다. 그러다가 새로 포장한 길을 지나게 되었다. 아스팔트가 뜨거운 햇볕에 녹아서 눅진해져, 발이 빠져들어가서는 번쩍거리는 바닥에 자국을 내어놓았다. 영구차 위로 드러나 보이는 마부의 가죽 모자는 마치 검은 진흙 반죽을 이겨서 만든 것 같았다. 푸르고 흰 하늘과, 끈적거리는 갈라진 아스팔트의 검은 빛깔, 거무스름한 상복 빛깔, 옻칠한 영구차의 까만 빛깔 등 그 단조로운 빛깔들 사이에서 나는 정신이 좀 흐리멍덩해졌다. 햇빛, 가죽 냄새, 영구차의 말똥 냄새, 옻 냄새, 향 냄새, 잠 못 이룬 하룻밤의 피로, 그러한 모든 것이 나의 눈과 머리를 어지럽게 만드는 것이었다. 나는 다시 한번 뒤를 돌아보았다. 구름처럼 드리운 무더운 공기 속으로 페레 영감이 까마득하게 멀리 나타났다가 다시 사라졌다. 눈으로 찾았더니 길을 버리고 벌판을 가로질러 가는 것이 보였다. 동시에 나는 길이 좀 더 가서 구부러지고 있는 것을 보았다. 페레 씨는 그 지방을 잘 아니까 우리를 따라오려고 지름길로 접어든 것임을 알았다. 길이 구부러진 곳에 이르렀을 때 그는 우리를 따라왔다. 그러고는 또 보이지 않았다. 그는 다시 벌판을 가로질러 갔고 그러기를 여러 차례나 되풀이했다. 나는 관자놀이에서 핏대가 뛰는 것을 느꼈다.

그다음에는 모든 것이 너무나 급속하고 순조롭게 또 자연스럽게 진행된 탓에 기억에 아무것도 남아 있지 않다. 단지 한 가지 기억에 남은 것은 마을 어귀에서 당번 간호사가 나에게 한 말이다. 얼굴과는 어울리지 않는 야릇한 목소리, 아름답고 떨리는 목소리로 그녀는 말했다.

"천천히 가면 더위를 먹을 염려가 있고, 너무 빨리 가도 땀이 나서 교회당에 들어가면 오한이 난답니다."

그건 사실이었다. 어쩔 도리가 없었다. 그 밖에 그날의 몇 가지 광경이 머릿속에 남아 있다. 가령 페레 씨가 마지막으로 마을 근처에서 우리들을 따라왔을 때의 그 얼굴. 흥분과 슬픔의 눈물이 그의 뺨 위에 번뜩이고 있었다. 그러나 주름살 때문에 눈물이 흘러내리지는 않았다. 눈물은 맺혔다가 퍼졌다가 하여 그 쭈그러진 얼굴 위에 니스칠을 해놓은 듯 번들거렸다. 그 밖에 생각나는 것은 교회당, 보도 위에 서 있던 마을 사람들, 묘지 무덤 위의 제라늄, 페레 씨의 기절(마치 무슨 인형이 해체되어 쓰러지는 듯했다), 어머니의 관 위로 굴러떨어지던 붉은 흙, 그 속에 섞이던 흰 나무 뿌리, 그러고는 또 사람들, 목소리들, 마을 어느 카페 앞에서 기다리던 일, 끊임없는 엔진 소리 그리고 버스가 마침내 빛나는 알제 시가지에 다다라 이제는 드러누워 실컷 잠을 잘 수 있겠구나 하고 생각했을 때의 기쁨, 그러한 것들이다.

2

　잠에서 깨어나자, 이틀 휴가를 청했을 때 왜 사장의 기색이 좋지 않았는지 그 까닭을 깨달았다.

　오늘이 바로 토요일인 것이다. 말하자면 나는 그것을 잊어버리고 있었는데, 자리에서 일어나자 그런 생각이 문득 들었다. 사장은 자연히 내가 일요일까지 나흘 동안 쉬게 될 것을 생각했을 테고, 그것이 흡족했을 리가 없다. 그러나 한편으로 생각해보면 어머니의 장례식을 오늘 하지 않고 어제 한 것은 내 탓이 아니었고, 또 어차피 나는 토요일과 일요일은 쉬게 되었을 것이다. 물론 그렇다고 해서 사장의 심경을 이해할 수 없는 바도 아니다.

어제 일로 피곤했기 때문에 일어나기가 괴로웠다. 수염을 깎으면서 오늘은 무엇을 할까 생각한 끝에 수영을 하러 가기로 했다. 항구 해수욕장으로 가기 위해 전차를 탔다. 그러고는 곧 바닷물 속으로 뛰어들었다. 젊은이들이 많이 있었다. 전에 우리 회사의 타이피스트로 있었던 마리 카르도나를 거기서 만났다. 당시 나는 그녀에게 마음이 있었다. 그녀 역시 그런 것 같았다. 그러나 조금 뒤에 그녀가 회사를 그만두는 바람에 만날 기회를 갖지 못했던 것이다. 그녀가 부표(浮標) 위로 오르는 것을 거들어주었는데 그러면서 그녀의 가슴을 스쳤다. 그녀가 부표 위에서 배를 깔고 엎드렸을 때도, 나는 그냥 물 속에 있었다. 그녀는 나에게로 몸을 돌렸다. 머리카락이 눈 위로 흐트러진 채 웃고 있었다. 나는 부표 위 그녀의 곁으로 기어올라 갔다. 기분 좋은 날씨였고, 나는 마치 장난하는 것처럼 머리를 뒤로 젖혀 그 여자의 배 위에 올려놓았다. 그녀가 아무 말도 하지 않기에 그대로 그렇게 있었다. 온 하늘이 나의 눈 속에 담겨진 듯 보였고 푸른 하늘엔 황금빛이 감돌고 있었다. 목덜미 밑에서 나는 마리의 배가 오르락내리락하는 것을 느끼고 있었다. 우리는 오랫동안 그렇게 어렴풋이 잠이 들어 있었다. 햇볕이 너무 뜨거워지자 마리가 물 속으로 뛰어들었고 나도 그녀의 뒤를 따랐다. 나는 그녀의 곁으로 다가가서 팔로 허리를 감고 같이 헤엄을 쳤다. 마리는 줄곧 웃고 있었다. 물가로 나와 몸을 말리는 동안 그녀가 말했다.

"당신보다도 제가 더 검은데요."

나는 저녁에 영화 구경을 가지 않겠느냐고 그녀에게 물어보았다.

그녀는 웃으면서 페르낭델이 주연한 영화를 보고 싶다고 했다. 우리들이 옷을 다 입었을 때 내가 검은 넥타이를 매고 있는 것을 보고 마리는 매우 놀라는 표정을 짓더니, 상을 당했느냐고 물었다. 나는 어머니가 돌아가셨다고 대답했다. 언제부터 그렇게 되었는지 알고 싶어 하기에 '어제부터'라고 대답했다. 그녀는 좀 뒤로 물러섰으나 나무라는 말은 하지 않았다. 그건 내 탓이 아니라고 말할까 하였으나, 그런 소리를 사장에게도 한 적이 있었던 것을 생각하고 그만두었다. 그런 말을 해본댔자 무의미한 일이었다. 어차피 말이란 좀 틀어지게 마련이다. 마리는 저녁이 되자 모든 일을 다 잊어버렸다.

영화는 때때로 우스웠지만 너무나 싱거웠다. 마리는 다리를 내 다리에 기대고 있었다. 나는 그녀의 젖가슴을 어루만졌다. 영화가 끝날 무렵 키스를 한다는 것이 그만 서툴게 되고 말았다. 영화관을 나와 그녀는 내 집으로 왔다.

눈을 떴을 땐 마리는 가버리고 없었다. 그녀는 친척 아주머니한테 가야만 한다는 이야기를 했었다. 그날이 일요일이라는 것에 생각이 미치자 기분이 언짢아졌다. 그래서 자리 속에서 몸을 뒤척여 마리가 베개에 남긴 머리카락의 소금기 밴 냄새를 더듬다가 열 시까지 자버렸다. 그러고는 침대에 누운 채 열두 시까지 담배를 피웠다. 여느 때처럼 셀레스트네 레스토랑에 가서 조반을 먹고 싶지가 않았다. 왜냐하면 레스토랑 사람들이 던질 여러 가지 질문에 대꾸하기가 싫었기 때문이다. 나는 계란 프라이를 해서, 빵도 없이 접시에다 입을 대고 먹었다. 빵이 없는 것을 알았지만 사러 내려가기가 싫었다.

점심을 먹고 나니 심심해져 집 안을 서성거렸다. 어머니가 있었을 때는 적당한 아파트였다. 그러나 지금 나에겐 너무 큰 아파트여서 식당의 테이블을 나의 방으로 가져올 수밖에 없었다. 나는 이 방의 약간 내려앉은 의자들과 거울이 누렇게 된 옷장과 화장대, 그리고 구리 침대만 사용하며, 그 사이에서 살고 있을 뿐이다. 그 외의 것은 모두 버려진 채로 있다. 조금 뒤에 할 일이 없어 옛 신문을 한 장 들고 읽었다. 거기서 뤼쉔 소금 광고를 오려 재미있는 기사들을 모아두는 공책에다 붙였다. 손을 씻고 나중에는 발코니에 나가 앉았다.

내 방은 교외의 한길을 향해 있다. 오후의 날씨는 좋았다. 그러나 보도는 눅진하고, 행인들은 적고, 걸음은 빨랐다. 먼저, 산책하는 한 가족이 지나갔다. 바지가 무릎 밑까지 내려오는 해군복을 입고 풀기가 센 옷 속에서 어색해 보이는 두 소년, 그리고 커다란 리본을 달고 에나멜 구두를 신은 소녀, 그 뒤로 밤색 옷을 입은 뚱뚱한 어머니와 키가 작고 호리호리한 사나이로, 얼굴만은 나도 알고 있는 그의 아버지 순이었다. 그는 나비넥타이를 매고 밀짚모자를 쓰고 손에는 단장을 짚고 있었다. 그의 아내와 함께 있는 그를 보았을 때, 동네 사람들이 왜 그를 보고 점잖은 사람이라고 하는지 알 수 있었다. 조금 뒤에 교외의 젊은이들이 지나갔다. 모두들 머리에는 기름을 바르고, 붉은 넥타이에, 허리를 조인 양복을 입고, 수를 놓은 손수건을 포켓에 꽂고, 코가 네모진 구두를 신은 차림이었다. 나는 그들이 시

내로 영화 구경을 가는 길임을 짐작할 수 있었다. 그렇기 때문에 그렇게 일찌감치 길을 떠나 소리 높여 웃으면서 전차를 타러 서둘러 가고 있는 것이었다.

그들이 지나간 뒤 길에는 점점 인기척이 없어졌다. 아마 어디선가 구경이 시작된 모양이었다. 이제 길에는 가게를 보는 주인들과 고양이들이 있을 뿐이다. 길가에 늘어선 가로수 위로 보이는 하늘은 맑았으나 광택이 없었다. 맞은편 인도 위에 담배 가게 주인이 의자를 내다가 문 앞에 놓고 등받이 위에 두 팔을 괴고 거꾸로 타고 앉았다. 조금 전에는 터질 듯이 들어찼던 전차들도 지금은 거의 비어 있었다. 조그만 카페 '피에로'에서는 종업원이 담배 가게 주인 옆에서 텅 빈 가게 안을 쓸고 있었다. 그야말로 일요일이었다.

나도 의자를 돌려서 담배 가게 주인처럼 놓았다. 그것이 더 편안해 보였던 까닭이다. 담배를 두 대 피우고 나서, 방으로 들어가 초콜릿을 한 조각 가지고 나와 창 앞으로 돌아가 먹었다. 하늘이 점점 어두워지기에 여름철 소나기가 오려는 것이려니 생각했다. 그러나 하늘은 차차 밝아졌다. 그래도 구름이 지나가며 길 위에 비를 약속하는 듯한 빛을 남겨놓아 거리는 어둑했다. 나는 오랫동안 하늘을 바라보았다.

다섯 시에 전차들이 요란하게 소리를 내며 달려왔다. 야외 경기장으로부터, 발판이며 난간에까지 잔뜩 매달린 구경꾼들을 싣고 오는 것이었다. 그다음 전차는 운동선수들을 싣고 왔는데 손에 든 보스턴백으로 그들이 운동선수임을 짐작할 수 있었다. 그들은 고함을 지르며 그들의 클럽은 결코 패하지 않을 것이라고 있는 힘을 다해 소리 높여 노래를 불렀다. 몇몇 사람은 나에게 손짓을 했다. 그중의 한 사람은 "우리가 이겼어" 하고 나에게 부르짖기까지 했다. 그래서 나는 머리를 끄덕여 '그렇다'는 표시를 했다. 그때부터 버스들이 몰려오기 시작했다.

해가 조금 더 기울었다. 지붕들 위로 하늘이 불그스름해지고 저녁이 가까워지면서 시가지가 활기를 띠었다. 행인들이 점점 늘어갔다. 사람들 속에 섞인 그 점잖다는 남자가 눈에 띄었다. 어린애들은 울면서 손목을 잡혀 끌려오고 있었다. 뒤미처 동네의 영화관에서 구경꾼들이 확 쏟아져 나왔다. 구경꾼들 가운데 젊은이들이 여느 때보다 더 과장되게 굳은 결심이나 한 듯한 몸짓을 하고 있는 것을 보고, 액션 영화를 보고 나오는 거로구나 하고 생각했다. 시내 영화관에서 돌아오는 사람들은 조금 뒤에 보이기 시작했다. 그들은 아까보다 좀 신중해 보였다. 아직도 웃고는 있었으나 이따금 그랬을 뿐, 피로해 보였고 생각에 잠겨 있는 듯했다. 그들은 맞은편 인도 위를 서성거렸다. 동네의 젊은 계집애들이 맨머리로 서로 팔을 끼고 걸어오고 있었다. 청년들이 그녀들과 마주 지나치며 농담을 던지자, 여자들은 고개를 돌리고 웃어댔다. 그중 내가 아는 몇몇 여자들이 나에게 손짓을 했다.

그때 가로등이 갑자기 켜지며, 어둠 속에 떠오르던 첫 별들을 흐릿하게 만들었다. 그처럼 온갖 사람들과 빛깔이 바뀌는 인도를 바라보고 있자니 눈이 피로해져왔다. 가로등은 젖은 도로를 비추고,

전차들은 일정한 간격을 두고 번쩍거리는 머리카락, 웃음 띤 얼굴, 혹은 은팔찌 위에 불빛을 던졌다. 조금 뒤에 전차들의 간격이 점점 뜸해지고 나무들과 가로등 위로 밤이 점점 깊어감에 따라 거리에는 차츰 인기척이 없어져, 마침내 다시 쓸쓸해진 길을 고양이가 천천히 건너가는 시각이 되었다. 그때서야 저녁을 먹어야겠다는 생각을 했다. 오랫동안 의자 등받이에 턱을 괴고 있었기 때문에 목이 좀 아팠다. 빵과 식료품을 사가지고 올라와 요리를 해서 선 채로 먹었다. 다시 창 앞으로 가서 담배를 한 대 피우려 했으나 바람이 차가워 좀 추웠다. 나는 창문을 닫고 방 안으로 들어서다, 거울 속에 알코올 램프와 빵조각이 놓여 있는 테이블 한끝이 비치고 있는 것을 보았다. 그때 나는 일요일이 또 하루 지나갔고, 어머니의 장례식도 이제는 끝났고, 내일은 다시 일을 시작해야 하겠고, 그러니 결국 달라진 것은 아무것도 없다는 생각을 했다.

3

오늘 나는 회사에서 많은 일을 했다. 사장은 친절했다. 그는 너무 피곤하지 않은지 물었고 어머니의 나이를 알고 싶어 했다. 나는 틀리게 대답하지 않으려고 "한 육십 되었다"고 말했다. 왜 그런지 알 수는 없었으나 사장은 한시름을 덜었다는 듯한, 그리고 그건 이미 지나간 일이라고 생각하는 듯한 눈치였다.

내 테이블 위에는 선하증권이 산더미처럼 쌓여 있었는데, 일일이 읽어보지 않으면 안 되었다. 점심을 먹으러 회사를 나오기 전에 손을 씻었다. 정오의 이 시간을 나는 좋아한다. 저녁 때에는 수건이 눅눅해서 기분이 덜 좋다. 온종일 같은 수건을 쓰니 그럴 수밖에 없는 것이다. 어느 날 그 점을 사장에게 지적한 적이 있다. 사장은 자신도 유감스럽게 생각은 하지만 그러나 그건 지엽적인 문제라고 대답했다. 나는 조금 늦은 열두 시 반에 운송과에 근무하는 에마뉘엘과 함께 회사를 나왔다. 회사가 바다를 향하고 있는 덕에 우리들은 잠시 햇볕이 뜨겁게 내리쬐는 항구에 머물러 있는 화물선들을 바라보는 데 정신이 팔려 있었다. 바로 그때 화물 자동차 한 대가 쇠사슬 소리와 엔진 소리를 요란스럽게 내면서 달려왔다.

에마뉘엘이 물었다.

"집어탈까?"

나는 달음박질치기 시작했다. 자동차가 우리를 지나쳐버리자, 우리는 그 뒤를 따라 달려갔다. 나의 눈에는 아무것도 보이지 않고, 다만 기중기며 또 다른 기계들, 수평선 위에서 춤추는 돛대, 옆을 지나치는 선체들 가운데서 그저 마구 내달리는 육체의 약동을 느낄 뿐이었다. 내가 먼저 달리는 차에 발을 붙이고 매달려 가면서 뛰어올랐다. 그러고는 에마뉘엘이 기어올라 앉는 것을 거들어주었다. 우리는 숨이 찼다. 자동차는 부두의 고르지 못한 도로 위로 먼지가 자욱한 햇빛 속을 덜컹거리며 달렸다. 에마뉘엘은 숨이 넘어갈 만큼 웃어댔다.

우리는 땀을 뻘뻘 흘리면서 셀레스트네 레스토랑에 이르렀다. 여느 때와 다름없이 흰 수염을 기른 셀레스트는 뚱뚱한 배에다 앞치마를 두르고 있었다. 그는 나에게 "심히 상심하지나 않았는가?" 하고 물었다. 나는 괜찮다고 대답하고 배가 고프다고 말했다. 나는 얼

36

른 식사를 하고 나서 커피를 마셨다. 그러고는 집으로 돌아와 술을 너무 많이 마신 탓에 얼핏 잠이 들었다. 잠에서 깨니 담배를 피우고 싶었다. 그러다 보니 시간이 늦어서 전차를 타러 뛰어갔다.

오후에는 줄곧 일을 했다. 회사 안은 몹시 더웠다. 그래서 저녁에 퇴근해 부둣가를 따라 천천히 걸으면서 돌아오는 것이 유쾌했다. 하늘은 푸르고 마음은 즐거웠다. 그러나 삶은 감자 요리를 해먹기 위해 바로 집으로 돌아왔다.

컴컴한 계단을 올라가다가 같은 층에 사는 살라마노 영감과 부딪혔다. 영감은 그의 개를 데리고 있었다. 팔 년 전부터 영감과 개는 늘 함께 있다. 그 개는 내가 알기에는 홍버짐이라는 피부병을 앓아서 털이 거의 다 빠진 데다 온몸이 벌겋게 반점과 딱지투성이였다. 그 개와 단둘이 조그만 방에서 오랫동안 살아온 탓에 살라마노 영감은 개의 모습을 닮고 말았다. 그의 얼굴에는 불그스름한 딱지가 있고 털도 누렇고 성기다. 개가 목을 뻗어 코끝을 앞으로 내민 모습 역시 주인의 허리를 굽힌 자세와 닮았다. 그들은 아무래도 동일한 족속 같은데 서로 미워한다. 하루에 두 번씩 열한 시와 여섯 시에 영감은 개를 데리고 산책을 나선다. 팔 년 전부터 그들은 한 번도 길을 바꾸어본 적이 없다. 언제나 리옹 가두에서 그들을 볼 수 있는데 개가 늙은이를 끌고 가다가는 기어코 살라마노 영감의 발부리가 무엇엔가 걸려버리고 만다. 그러면 영감은 개를 때리고 욕지거리를 한다. 개는 무서워서 설설 기며 끌려간다. 이번에는 영감이 개를 끌고 갈 차례다. 개가 맞은 것을 잊어버리게 되면 다시금 앞서서 주인을 끌고, 그러면 또 매를 맞고 욕을 먹는다. 그때는 둘이 다 멈춰 서서 개는 공포에 떨고, 주인은 화가 나서 노려본다. 매일처럼 그 모양이다. 개가 오줌을 누고 싶어 할 때도 영감은 시간을 주지 않고 끌어당겨, 개는 오줌 방울을 찔끔찔끔 흘리면서 따라간다. 어쩌다가 개가 방 안에서 오줌을 싸면 또 매를 맞는다. 그런 일이 벌써 팔 년이나 계속되었다. 셀레스트는 늘 '가엾다'고 하지만 사실인즉 아무도 영문을 모른다. 계단에서 그를 만났을 때 살라마노는 개에게 욕지거리를 퍼붓고 있었다.

"빌어먹을! 망할 자식!"

살라마노는 야단을 치고, 개는 끙끙거리고 있었다.

"안녕하십니까?"

내가 인사를 했으나 영감은 그냥 욕지거리를 계속하고 있었다. 그래서 나는 개가 무슨 일을 저질렀느냐고 물었다. 그는 대답이 없었다. 영감은 다만 욕지거리를 계속할 뿐이었다.

"빌어먹을! 망할 자식!"

그는 개 위로 몸을 굽히고 있었는데 목걸이 속의 무엇인가를 고쳐주고 있음을 짐작할 수 있었다. 나는 목소리를 높여서 말해보았다. 그때서야 그는 고개를 돌리지 않고 북받치는 역정을 억지로 삼켜버리듯이 대꾸했다.

"이놈이 그래도 버티고 있어."

그러고는 개를 잡아끌고 가버렸다. 개는 네 발로 버틴 채 끌려가면서 끙끙거렸다.

바로 그때 나와 같은 층에 사는 또 한 명의 이웃이 들어왔다. 동네에서는 그가 여자들을 등쳐먹고 산다고들 한다. 그러나 그에게 직업이 뭐냐고 물을라 치면 그는 '창고 감독'이라고 대답을 하는 것이다. 그를 좋아하는 사람은 별로 없다. 그러나 가끔 그가 나에게 말도 걸고 또 내가 그의 말을 들어주는 탓에 내 방에 잠깐 들어와 앉았다 가기도 했다. 그의 이야기를 나는 재미있다고 생각한다. 그리고 그와 말을 하지 않을 하등의 이유도 없는 것이다. 그의 이름은 레몽 생테스다. 꽤나 키가 작은데, 어깨가 딱 벌어진 데다 코는 마치 권투 선수의 그것 같다. 옷차림은 언제나 말쑥하다. 그도 역시 살라마노 얘기를 꺼냈다.

"참 가엾기 짝이 없어요!"

그 꼴을 보면 진저리가 나지 않느냐고 묻기에 나는 뭐 그렇지도 않다고 대답했다. 계단을 다 올라와서 막 헤어지려 할 때 그가 말했다.

"저희 집에 소시지와 술이 있는데, 같이 좀 드시지 않겠어요?"

나는 그렇게 되면 끼니를 준비하지 않아도 된다는 생각에 초대를 받아들였다. 그의 집 역시 방은 하나밖에 없고, 창문 없는 부엌이 딸려 있을 뿐이다. 그의 침대 위에는 불그스름한 석회로 만든 천사상과 운동선수들의 사진과 여자의 나체 사진이 두서너 장 걸려 있다. 방 안은 더럽고, 침대는 어질러져 있었다. 그는 먼저 석유램프를 켠 다음 호주머니에서 몹시 허름한 붕대 하나를 꺼내어 오른손을 싸맸다. 손을 다쳤느냐고 물었더니, 어떤 녀석이 시비를 걸어서 싸움을 했다는 것이었다.

"그건 말입니다, 뫼르소 선생" 하고 그는 나에게 말했다. "내가 마음이 악해서가 아니라 성미가 급해서입니다. 그 녀석이 나에게 '사나이라면 전차에서 내려라' 그러더란 말이에요. 나는 '괜히 쓸데없는 소리 마라' 하고 말했지요. 근데 녀석은 나더러 사나이답지 못하다고 합디다. 그래 내려가서 말했죠. '듣기 싫으니 잔소리 마라, 그렇지 않으면 본때를 보여줄 테니' 그랬더니 '본때는 무슨 본때야?' 하고 녀석이 대꾸를 하더군요. 그래서 한 대 갈겼죠. 그랬더니 나가 자빠지기에 일으켜주려니까, 녀석은 땅에 자빠져서 발길질을 하더군요. 그래서 무릎다짐을 한 번 하고 두어 번 쐐기질을 했죠. 녀석의 얼굴은 피투성이였어요. 내가 그 녀석에게 '그만큼 경을 쳤으면 됐느냐?'고 물었더니, '그렇다'고 하더군요."

그런 말을 하면서 생테스는 줄곧 붕대를 감고 있었다. 나는 침대 위에 앉았다. 그가 다시 말을 이었다.

"그러니까 내가 싸움을 건 게 아니었어요. 그 녀석이 버릇없이 굴다가 그랬던 겁니다."

그것은 사실이었다. 그래서 나는 정말 그렇다고 말했다. 그러자 그는 마침 나에게 그 사건에 관해 조언을 구하고 싶다면서, 나는 사나이다워서 세상물정을 잘 알 테니 자기를 도와줄 수 있을 것이고, 그렇게만 되면 자기는 나의 친구가 되겠다고 했다. 나는 아무런 대답도 하지 않았다. 그는 다시 나에게 자기와 친구가 되고 싶냐고 물었다. 내가 어느 쪽이든 상관없다고 말했더니 만족해하는 눈치였다. 그는 소시지를 꺼내 화덕에다 굽고, 컵, 접시, 스푼 그리고 술 두

병을 늘어놓았다. 그 모든 동작을 하는 동안 아무 말도 없었다. 그러고 나서 자리를 잡고 앉았다. 그는 먹으면서 이야기를 시작했는데, 처음에는 약간 망설이는 말투였다.

"어떤 여자를 알게 됐는데…… 이를테면 정부였지요."

그와 싸움을 한 사나이는 그 여자의 오빠라는 것이었다. 여자의 살림을 그가 꾸려주었다는 말도 했다. 나는 아무런 대답도 하지 않았으나, 그는 동네 사람들이 자기를 뭐라고 말하는지 알고 있지만 양심에 거리낄 것은 조금도 없고 자기는 창고 감독일 뿐이라고 덧붙였다.

"그런데 말입니다" 하고 그가 말을 이었다. "내가 속고 있었다는 사실을 알게 됐어요."

그는 여자에게 꼭 먹고살 만큼만 생활비를 대주고 있었다는 것이다. 그는 손수 여자의 방세를 치러주고, 식사비로 하루에 이십 프랑씩 주고 있었다.

"방세가 삼백 프랑, 식비가 육백 프랑, 이따금 양말도 사주고, 그래서 한 천 프랑 들었습니다. 그런데 그년은 일도 하지 않고, 내게 한다는 말이 그것으로는 겨우 입에 풀칠이나 할 수 있을 뿐이어서 내가 대주는 돈만으로는 도저히 생활할 수 없다는 거였어요. 그래서 나는 이렇게 말했죠. '왜 반나절만이라도 일을 안 하지? 그러면 내 짐도 퍽 덜어질 텐데. 이 달에 필요한 것은 모두 사주었고 하루에 이십 프랑씩 용돈도 주고 방세도 치러줘서 당신은 오후에 친구들과 커피도 마시지 않소? 당신 친구들에게 커피와 설탕을 내다바치는 건 당신이지만, 돈을 내는 건 나요. 난 당신에게 잘해주었는데, 당신은 내게 제대로 보답하고 있질 않아.' 그런데도 그년은 일은 하지 않고, 생활할 수가 없노라고 고집을 부리고 있었어요. 그러던 끝에 내가 속고 있었다는 사실을 알게 된 겁니다."

그는 여자의 핸드백 속에서 복권 한 장을 발견했는데, 여자는 그것을 어떻게 샀는지 설명을 못 했다는 이야기를 했다. 얼마 뒤에는 여자의 방에서 전당포 쪽지를 한 장 발견했고, 그걸 보면 팔찌 두 개를 잡힌 것이 분명하다는 것이었다. 그때까지 그는 그 팔찌들이 있는 줄도 몰랐다는 것이다.

"나는 그동안 속고 있었다는 것을 확실히 알았어요. 그래서 그 여자와 관계를 끊었습니다. 하지만 그전에 그년을 때려주었지요. 그랬더니 모두 사실대로 이야기를 하더군요. 그년이 바라는 건 그저 그걸 하는 재미뿐이라고 말입니다. 아시겠지요? 뫼르소 선생, 나는 그년에게 '내가 너에게 주는 행복을 세상 사람들이 부러워한다는 걸 넌 모르고 있어. 좀 있으면 지난날의 행복을 알게 될 테니, 두고 봐' 하고 말해줬지요."

그는 피가 나도록 여자를 때렸다. 그전에는 여자를 때리는 일이란 없었다고 했다.

"손찌검을 하는 일이 아주 없는 건 아니었지만, 말하자면 다정스럽게 툭툭 건드리는 정도였어요. 그러면 그년은 소리를 지르곤 했죠. 나는 문을 닫아버리고, 결국은 늘 마찬가지로 끝나곤 했어요. 그렇지만 이번엔 본격적이었습니다. 그런데 사실 내 입장에선 그년에게 벌을 속시원하게 다 주지 못했거든요."

그러더니 그는 그렇기 때문에 나의 충고가 필요하다고 설명했다. 그러고는 그을음이 나는 램프의 심지를 조절하려고 일어섰다. 나는 줄곧 그의 이야기를 듣고 있었다. 포도주를 거의 한 병이나 마셨기 때문에 관자놀이가 몹시 달아올랐다. 내 담배가 떨어져서 나는 레몽의 담배를 피우고 있었다. 마지막 전차들이 지나가면서 지금은 아득하게 들리는 교외의 소리를 실어가고 있었다. 레몽은 이야기를 계속했다. 난처한 일은 그가 "아직도 그 여자와의 관계에 약간 미련을 느끼고 있다"는 것이었다. 그렇지만 혼을 내줘야겠다고 말했다. 먼저 그는 계집을 호텔로 데려다놓고 풍기 단속 경찰을 불러다가 스캔들을 일으켜서 계집을 리스트에 오르게 할 생각을 했었다. 그다음에는 그의 뒷골목 친구들에게 이야기를 해봤지만 그들은 별로 좋은 방법을 가르쳐주지 못했다. 사실 레몽 말마따나 소위 뒷골목 난봉꾼이란 위인들이 그런 것 하나쯤 몰라서야 말이 아니었다. 레몽이 그렇게 말하자 그들은 "여자의 얼굴을 마구 찢어버리면 어떠냐"고 했다. 그러나 그는 그렇게 하고 싶진 않았다. 그는 좀 더 잘 생각해봐야겠다는 것이었다. 그러나 먼저 나에게 한 가지 묻고 싶은 것이 있다고 했다. 그런데 그것을 물어보기 전에 그 이야기를 내가 어떻게 생각하는지 알고 싶어 했다. 나는, 별로 생각하는 바도 없지만, 어쨌든 재미있는 이야기라고 대답했다. 그가 내게 자신이 속고 있었다고 생각하느냐고 묻기에 생각을 해보니 과연 속고 있었던 것 같다고 대답했다. 혼을 내줘야 할 텐데 나 같으면 어떻게 하겠느냐는 물음에, 어떻게 할지는 알 수 없으나 여자를 혼내주겠다는 심정은 이해할 수 있다고 대답했다. 나는 또 술을 마셨다. 그는 담배에 불을 붙이고 나서 자기 생각을 피력했다. 그는 "그 여자를 발길로 차 버리는 뜻의, 동시에 여자의 육욕을 도발시킬 만한 사연을 섞어서" 쓴 편지를 보내겠다는 것이었다. 그래서 여자가 돌아오게 되면, 그때는 여자와 함께 잠자리에 들고는 "바로 끝나갈 무렵에" 여자의 낯짝에다 침을 뱉어주고는 밖으로 내쫓아버리겠다는 것이었다. 그렇게 하면 정말 여자에게는 징계가 될 거라고 나 역시 생각했다. 그러나 레몽은 말하기를, 자기는 그럴듯한 편지를 쓸 수가 없을 것 같아서 편지 작성을 나에게 부탁할까 생각한 것이라고 했다. 내가 아무 대답도 하지 않자 그는 즉시 그 편지를 쓰는 게 귀찮겠느냐고 물었다. 나는 그렇지는 않다고 대답했다.

그러자 그는 포도주를 한 잔 마시고 일어서서 접시들과 먹다 남은 소시지를 한옆으로 밀어놓았다. 그러더니 탁자의 방수포를 정성스럽게 닦았다. 그러고는 서랍에서 편지지 한 장과 노란 봉투와 붉은 나무 펜대와 보랏빛 잉크가 든 네모진 병을 꺼냈다. 여자의 이름을 들어보니, 아랍 출신이었다. 나는 편지를 썼다. 그냥 되는 대로 쓰기는 했지만, 그래도 레몽의 마음에 들도록 힘썼다. 왜냐하면 내겐 레몽의 마음에 들지 않게 할 아무런 이유도 없었기 때문이다. 그러고는 소리 높여 그것을 읽었다. 레몽은 담배를 피며 머리를 끄덕거리면서 듣고 있더니, 다시 한번 읽어달라고 청했다. 그는 매우 흡족해하며 말했다.

"자네가 세상물정에 밝다는 걸 나는 알고 있었어."

처음엔 그가 나에게 '자네'라고 말한 것을 무심히 들어넘겼으나, "자넨 이제 내 친구야" 하고 그가 말했을 때 나는 비로소 그 말에 놀랐다. 그는 거듭 그렇게 말했고, 나는 "그야 그렇지" 하고 대답했다. 나로서는 그의 친구라고 해도 무방한 일이었고, 그는 정말로 나와 친구가 되고 싶은 모양이었다. 그가 편지를 봉하고 우리는 남은 포도주를 마저 마셨다. 그러고는 잠시 서로 말없이 담배를 피웠다. 밖은 쥐죽은 듯이 고요해 슬며시 지나가는 자동차 소리까지 들렸다.

"너무 늦었는데" 하고 나는 말했다. 그는 시간이 빨리 지나가버린다는 이야기를 했는데 어떤 의미로는 그렇다고도 할 수 있었다. 나는 졸음이 왔지만 일어서기가 거북했다. 내가 피곤해 보였던지 레몽은 너무 상심하지 말라고 말했다. 처음엔 무슨 말인지 알아차리지 못했다. 그는 나에게 어머니가 사망한 것을 알았다는 이야기와 그러나 그것은 어차피 한 번은 당해야 할 일이라는 말을 했다. 내 의견도 마찬가지였다.

나는 일어섰다. 레몽은 나의 손을 굳게 움켜쥐고 사나이끼리는 언제나 이해할 수 있는 거라고 말했다. 그의 방을 나선 후 나는 문을 닫고, 어둠 속의 층계참에 잠시 서 있었다. 집 안은 고요했고 계단 밑에서 으슥하고 습한 냄새가 올라오고 있었다. 귀 밑의 맥박이 뛰는 소리 외에는 아무 소리도 들리지 않았다. 나는 그냥 우두커니 서 있었다. 살라마노 영감 방에서 개가 나직이 끙끙거리는 소리가 들려왔다.

4

한 주일 동안 나는 줄곧 일을 많이 했다. 레몽이 와서 그 편지를 보냈노라고 말했다. 에마뉘엘과 함께 영화 구경을 두 번 갔었는데, 에마뉘엘은 스크린 위에서 일어나는 이야기가 무엇인지 이해하지 못하는 때가 가끔 있었다. 그러면 설명을 해주어야 한다. 어제는 토요일이라 약속대로 마리가 찾아왔다. 나는 몹시 정욕을 느꼈다. 마리가 붉고 흰 무늬의 화사한 옷을 입고 가죽 샌들을 신고 있었기 때문이다. 탄력 있어 보이는 젖가슴이 완연히 드러나 보였고 햇볕에 그을은 살갗이 얼굴을 꽃처럼 아름답게 만들고 있었다. 우리는 곧 버스를 타고 알제에서 수 킬로미터나 떨어진, 좌우에는 바위가 솟아 있고 기슭에는 갈대가 우거진 바닷가로 나갔다. 네 시의 태양은 그리 덥지는 않았으나 물은 따뜻했고 길게 퍼져 게으른 듯한 물결 이 나직이 넘실거리고 있었다. 마리가 놀이를 하나 가르쳐주었다. 헤엄을 치며 물결 등성이에서 물을 들이마시어 입 속에 거품을 가 득 채운 다음, 반듯이 누워서 하늘로 향하여 그것을 내뿜는 것이다. 그러면 물거품 레이스가 되어서 공중으로 사라지기도 하고 미지근 한 보슬비처럼 얼굴 위로 떨어지기도 했다. 그러나 잠시 후에는 입 속이 짜서 얼얼했다. 그러자 물 속에서 마리가 다가와 나에게로 달 라붙었다. 마리는 자기의 입술을 나의 입에 갖다 댔다. 그녀의 혀끝 이 나의 입술에 산뜻하게 닿았다. 잠시 동안 우리는 물결을 즐겼다.

바닷가로 나와서 옷을 갈아입을 때, 마리는 빛나는 눈길로 나를 보았다. 나는 그녀에게 키스를 해주었다. 그때부터 우리는 아무 말 도 하지 않았다. 나는 그녀를 꼭 껴안았다. 그러고는 급히 버스를 잡 아타고 돌아왔다. 우리는 방 안으로 들어서자마자 곧 침대 속으로 뛰어들었다. 나는 창문을 열어두었다. 여름 밤이 우리들의 검게 그 을은 육체 위로 흘러들어오는 것을 느낄 수 있어 정말 유쾌했다.

오늘 아침 마리가 같이 있게 되어서 나는 점심을 같이 먹자고 말 해놓고, 고기를 사러 내려갔다. 돌아오니 레몽의 방에서 여자의 목 소리가 들려왔다. 조금 뒤에는 살라마노 영감이 개를 꾸짖는 소리 가 들렸다. 나무 계단 위에서 구두창 소리와 개가 발톱으로 긁는 소 리가 나더니, "빌어먹을, 망할 자식!" 하는 소리가 들려왔다.

그들은 길가로 나가버렸다. 마리에게 영감의 이야기를 해주었더니 마리는 웃었다. 마리는 내 파자마를 입고 소매를 걷어올리고 있었다. 그녀가 웃었을 때 나는 또다시 정욕을 느꼈다. 조금 뒤에 마리는 자기를 사랑하느냐고 물었다. 그런 것은 쓸데없는 말이지만, 사랑하는 것 같지는 않다고 대답했다. 마리는 슬픈 표정을 지었다. 그러나 점심을 준비하면서 아무 이유도 없이 허리가 끊어지게 웃기에 나는 또 키스를 해주었다. 바로 그때 레몽의 방에서 말다툼 소리가 터져나왔다. 먼저 여자의 날카로운 목소리가 들리더니, 곧이어 레몽이 소리쳤다.

"요년이 나를 곯려먹으려고 했겠다? 곯려먹으려다가 당한 맛이 어떤가 좀 봐."

이어서 퍽퍽 소리가 나고 여자가 비명을 질렀는데, 너무나 비참한 소리여서, 층계참에 곧 사람들이 모여들었다. 마리와 나도 복도로 나갔다. 여자는 여전히 소리를 지르고 레몽은 여전히 때리는 것이었다. 마리는 사태가 험악하다고 말했으나 나는 아무 대답도 하지 않았다. 그녀는 나에게 경찰을 불러오라고 했지만 나는 경찰이 싫다고 말했다. 그러나 삼층에 사는 납땜장이와 함께 경찰 한 사람이 들어왔다. 경찰은 문을 두드렸으나 아무 대답도 없었다. 더 크게 두드리자 조금 후에 여자의 울음소리가 들리고 레몽이 문을 열었다. 그는 입에 담배를 문 채 유순한 태도를 보였다. 여자가 문으로 뛰어나와 경찰에게 레몽이 자신을 때렸다고 말했다.

"이름이 뭐야?" 하고 경찰이 물었다.

레몽이 대답하자, "말을 할 땐 담배를 입에서 떼시오" 하고 경찰이 말했다. 레몽은 망설이며 나를 쳐다보더니 담배를 입에 문 채 그대로 있었다. 그러자 경찰은 두꺼운 손바닥으로 힘껏 레몽의 따귀를 올려붙였다. 레몽은 안색이 변했으나 당장에는 아무 말도 하지 않았다. 그러더니 공손한 목소리로 꽁초를 주워도 되겠냐고 물었다. 경찰은 그러라고 하면서 덧붙였다.

"다음부터는 경찰이 허수아비가 아니라는 걸 알아두도록 해."

그동안 여자는 줄곧 울면서 같은 말을 되풀이했다.

"날 때렸어요. 기둥서방 노릇하는 포주예요."

"경찰 선생님" 하고 이번에는 레몽이 물었다.

"남자에게 포주라는 말을 해도 좋다는 조항이 법률에 있습니까?"

경찰은 "잔소리 마라!" 하고 호통을 쳤다. 그러자 레몽은 여자에게로 고개를 돌리고는 "두고봐, 요년아. 다시 만날 날이 있을 테니" 하고 말했다.

경찰은 레몽에게 닥치라고 한 다음 여자는 가도 좋고, 레몽은 방으로 들어가서 경찰의 소환을 기다려야 한다고 말했다. 그는 덧붙여서 레몽에게, 그렇게 몸이 떨리도록 술에 취했으면 부끄러운 줄 알라고 말했다.

"경찰 선생님, 저는 취하지 않았습니다. 그저 경찰 앞에 서 있으니 떨릴 뿐이지, 별 도리가 있습니까?"

레몽이 말을 마치고 문을 닫아버리자 구경꾼들도 모두 가버렸다. 마리와 나는 점심 준비를 끝마쳤으나 그녀는 먹고 싶은 생각이 없다기에 내가 혼자서 거의 다 먹었다. 마리는 한 시에 가버리고 나는 잠을 조금 더 잤다.

세 시경에 문을 두드리는 소리가 나더니 레몽이 들어왔다. 나는 누워 있었다. 레몽은 내 침대가에 앉았다. 그는 잠시 말이 없었다. 나는 일이 어찌 되었는지를 물었다. 그는 말하기를, 계획대로 했는데 계집이 따귀를 때리기에 계집을 패준 것이라고 했다. 그 뒤의 일은 내가 목격한 그대로였다. 내가 그에게 계집이 혼이 났을 테니 만족했겠다고 말하자, 그렇다고 했다. 그리고 제아무리 경찰이 뭐라고 해보았댔자 계집이 당한 꼴에는 변함이 없으리라는 것을 지적했다. 그는 또 덧붙여서 자기는 경찰들의 심리를 알고 있기 때문에 그들을 대할 때는 어떻게 해야 하는지도 잘 알고 있다고 말했다. 그러고는 경찰이 따귀를 때릴 때에 자기가 응수할 것을 기대하고 있었느냐고 물었다. 나는 아무 기대도 하지 않았다고 대답하고, 도대체 경찰이란 존재가 싫다고 말했다. 레몽은 매우 만족한 눈치였다. 함께 나가지 않겠느냐고 하기에 나는 일어나서 머리를 빗기 시작했다. 그때 그는 나더러 그의 증인이 되어주어야겠다고 말했다. 나는 아무래도 좋았으나 무슨 말을 해야 좋을지 몰랐다. 레몽 말에 따르면 계집이 그에게 버릇없이 굴었다고 말하기만 하면 된다는 것이었다. 나는 증인이 되어달라는 청을 승낙했다.

우리는 밖으로 나갔다. 레몽이 권하여 브랜디를 마셨다. 그러고는 그가 하자는 대로 당구를 쳤는데 내가 막판에 아슬아슬하게 지고 말았다. 그다음에는 사창가엘 가자고 했지만 나는 그런 것을 좋아하지 않는 까닭에 싫다고 했다. 그리하여 우리는 천천히 집으로 돌아왔는데, 레몽은 계집을 혼내줄 수 있었던 것을 참으로 만족스럽게 여기고 있다는 말을 했다. 나에게는 그가 매우 다정스럽게 대해주는 것 같았고, 나는 그렇게 지내는 시간이 유쾌하게 여겨졌다.

멀리서 보니 문간에서 살라마노 영감이 흥분한 듯한 모습으로 서 있는 것이 눈에 띄었다. 가까이 가보니 그는 개를 데리고 있지 않았다. 그는 이리저리 사방을 둘러보더니 두서없는 말을 중얼거리며 컴컴한 복도를 들여다보고는, 다시 그 충혈된 눈을 두리번거려 길가를 훑어보는 것이었다. 레몽이 무슨 일이 있었느냐고 물어도 대답을 하지 않았다.

"빌어먹을, 망할 자식!" 하고 씨부렁거리는 소리만이 어렴풋이 들렸다. 개는 어디에 있느냐고 내가 묻자, 달아나버렸다고 불쑥 대답했다. 그러더니 갑자기 수다스럽게 이야기를 시작했다.

"오늘도 여느 때처럼 '연병장'에 데리고 갔었죠. 노점들 근처에는 사람들이 많이 있었어요. '탈주왕(脫走王)'이란 간판이 붙은 것을 보려고 잠시 멈춰 섰다 가려니까, 그놈이 없어졌지 뭡니까. 미리 좀 작은 목걸이를 사주려고 생각은 하고 있었지만, 그 빌어먹을 자식이 그렇게 도망쳐버리리라고는 꿈에도 생각지 않았어요."

레몽이 개가 아마 길을 잃어버렸는지도 모르며, 그러면 돌아오게 될 거라고 말했다. 그는 주인을 찾아오기 위해서 수십 킬로미터나 걸어다닌 개가 있었다는 예까지 들어가며 설명을 해주었지만 영감의 흥분은 가라앉지 않았다.

"잡혀버리고 말 것이오. 누가 그걸 갖다 길러라도 준다면 또 몰라도, 그럴 수는 없을걸. 그렇게 헐고 딱지투성이인데, 어디 좋아할 사람이 있을라구? 경찰에게 잡히고 말 거야. 틀림없어요."

나는 그에게 경찰서의 개 마당으로 가보는 것이 좋겠다는 말과 수수료를 약간 내면 개를 찾을 수 있을 거라는 말을 해주었다. 영감은 그 수수료가 많냐고 물었으나 나는 그것까지는 알지 못했다. 갑자기 영감이 성을 내며 욕설을 퍼부었다.

"그 빌어먹을 자식 때문에 돈을 내다니. 아아, 죽어버리라지!"

레몽은 웃으며 집으로 들어갔다. 나도 그의 뒤를 따랐고, 우리는 이층 층계참 위에서 헤어졌다. 조금 뒤에 영감의 발 소리가 들리더니, 내 방문을 두드렸다. 문을 열어주자 그는 잠시 문간에 서 있다가 말했다.

"용서하십시오, 용서하세요."

나는 안으로 들어오라고 권했으나, 그는 들어오려고 하지 않고 구두 끝만 내려다보고 있었고, 그의 흠집투성이 손은 떨리고 있었다. 얼굴을 숙인 채 그는 나에게 물었다.

"개를 빼앗진 않겠지요, 뫼르소 선생. 돌려주겠죠? 그렇지 않으면 난 어떻게 되겠어요?"

개 마당에는 주인이 찾아갈 수 있도록 사흘 동안 개를 매어두는데, 사흘이 지나면 적당히 처분해버린다고 나는 말해주었다. 그는 아무 말 없이 나를 쳐다봤다. 그러고는 말했다.

"안녕히 계세요."

문을 닫는 소리가 나더니 영감이 자기 방 안에서 왔다 갔다 하는 소리가 들렸다. 그의 침대가 삐걱거렸다. 그러고는 벽을 통해서 조그맣게 들려오는 야릇한 소리로 나는 그가 울고 있음을 알았다. 나는 왜 그때 어머니 생각을 했는지 모른다. 그러나 이튿날 아침에는 일찌감치 일어나지 않으면 안 되었다. 배가 별로 고프지 않아 저녁도 먹지 않고 자버렸던 것이다.

5

레몽한테서 회사로 전화가 왔다. 그의 친구 가운데 한 사람이(그 친구에게 내 이야기를 했다는 것이었다) 알제 근처의 조그만 별장에서 일요일 하루를 지내도록 나를 초대했다는 말이었다. 나는 그러고 싶지만 어떤 여자 친구와 만날 약속이 있다고 대답했다. 그러자 레몽은 그 여자 친구와 함께 오라는 것이었다. 그 친구의 부인은 남자들 패 가운데 여자라곤 자기 혼자뿐이기 때문에 매우 좋아할 거라고 했다. 밖에서 직원들에게 전화가 걸려오는 것을 사장이 싫어한다는 것을 나는 알고 있었으므로 곧 수화기를 놓으려고 했다. 그런데 레몽은 조금 기다리라고 하더니, 이 초대 건은 저녁에라도 전할 수 있겠지만, 그보다도 다른 이야기를 하나 해두고 싶다고 말했다. 그는 하루 종일 먼젓번 정부의 오빠가 낀 한 패의 아랍인들에게 뒤를 밟혔다는 것이었다. 그러면서 이렇게 말하였다.

"오늘 저녁 퇴근하는 길에 집 근처에서 그놈들을 보거든 내게 좀 알려줘."

나는 그렇게 하겠다고 대답했다.

조금 후에 사장이 나를 불렀다. 전화는 좀 삼가고 일을 좀 더 열심히 하라는 말이려니 생각하니, 불시에 불쾌한 생각이 들었다. 그런데 전혀 다른 이야기였다. 아직 막연하지만 어떤 계획에 대해서 나에게 이야기를 하고 싶다는 거였다. 그는 다만 그 문제에 관하여 나의 의견을 듣고 싶어 했다. 파리에다가 출장소를 설치해 현지에서 직접 큰 회사들과 거래를 하려고 하는데, 거기로 갈 생각이 없는지 나의 의향을 타진하는 것이었다. 그러면 파리에서 생활할 수 있을 것이고, 일 년에 얼마 동안은 여행을 할 수도 있으리라는 것이었다.

"자넨 젊으니까, 그런 생활이 마음에 들 것 같은데."

나는 그렇기는 하지만, 결국 이러나저러나 마찬가지라고 말했다. 사장은 생활의 변화에 흥미를 느끼지 않느냐고 묻기에 사람이란 결코 생활을 바꿀 수는 없는 노릇이고 어떤 생활이든 다 그게 그거며, 또 나는 이곳에서의 생활에 조금도 불만이 없다고 대답했다. 그는 불만스러운 눈치를 보이며, 내가 대답을 한다는 것이 언제나 딴전이고 게다가 나에게는 야심이 없어서 사업에 큰 지장을 준다고 말했다. 나는 일을 하려고 자리로 돌아왔다. 사장의 비위를 거스르고 싶지는 않았으나 나의 생활을 바꾸어야 할 하등의 이유가 없었던 것이다. 곰곰 생각해봐도 나는 불행하진 않았다. 학생 때에는 그런 종류의 야심도 많이 있었지만 학업을 포기하지 않을 수 없게 되었을 때 그러한 것이 실제로는 아무런 중요성도 없다는 것을 곧 깨달았던 것이다.

저녁에 마리가 찾아와서 자기와 결혼할 마음이 있느냐고 물었다. 나는 그건 아무래도 좋지만 마리가 원한다면 결혼해도 좋다고 말했다. 그러자 그녀는 내가 자기를 사랑하는지 어떤지 알고 싶어 했다. 나는 이미 한 번 말했던 것처럼 그건 아무 의미도 없는 말이지만, 아마 사랑하지는 않는 것 같다고 대답했다.

"그렇다면 왜 나하고 결혼을 해요?" 하고 마리는 말했다.

나는 그런 건 아무 중요성도 없는 것이지만 마리가 정 원한다면 결혼해도 좋다고 설명했다. 게다가 결혼을 요구한 것은 그녀이고 나는 승낙을 했을 뿐이다. 그때 마리는 결혼이란 건 중대한 일이라며 나무라는 투로 말했다. 나는 그렇지 않다고 대답했다. 그녀는 잠시 말없이 나를 쳐다보더니 말을 이었다. 자기와 같은 관계로 맺어진 다른 여자로부터 같은 청혼이 있었어도 승낙을 했을 것인가, 다만 그것만을 알고 싶어 했다. 나는 "물론"이라고 대답했다. 그러자 마리는 자기가 나를 사랑하는지 어떤지를 생각해보는 듯하였으나, 나는 그 점에 관해서는 아무것도 알 길이 없었다. 잠시 또 묵묵히 있다가 그녀는, 나는 이상스러운 사람이어서 아마 그 때문에 자기가 나를 사랑할 테지만, 바로 그 같은 이유 때문에 내가 싫어질 때가 올지도 모른다고 말했다. 더 할 말이 없어 잠자코 있자, 마리는 웃으면서 나의 팔을 붙들고 나와 결혼하고 싶다고 했다. 나는 언제든지 그녀가 원하면 곧 결혼하자고 했다. 그리고 사장의 제안을 이야기해 주니까 파리를 알고 싶다고 했다. 내가 잠시 파리에서 살아본 일이 있다고 말했더니 어떠냐고 물었다.

"더러워. 비둘기들이 있고 안뜰들은 어둡고 사람들은 모두 피부가 희지."

그러고 나서 우리들은 한길을 택하여 거리를 거닐었다. 여자들이 아름다웠다. 나는 마리에게 그렇게 생각지 않느냐고 물었다. 마리는 그렇다고 대답하고 나의 심정을 이해할 수 있다고 말했다. 잠시 동안 우리는 아무 말이 없었다. 그래도 나는 그녀가 함께 있어주었으면 싶어서, 셀레스트네 레스토랑에서 저녁을 같이 먹으면 어떻겠느냐고 물었다. 마리는 그러고 싶지만 볼일이 있다는 것이었다. 그때 우리는 나의 집 근처에 이르른 터라 나는 잘 가라고 인사말을 했다. 그녀는 나를 쳐다보면서 말했다.

"내가 무슨 볼일이 있는지 알고 싶지 않아요?"

그것을 알고 싶지 않은 것은 아니지만 그 생각을 미처 못했을 뿐이었는데, 마리는 그것을 나무라는 눈치였다. 그러고는 나의 어색한 표정을 보고 다시 웃더니 불쑥 앞으로 다가오며 입술을 내게로 내밀었다.

나는 셀레스트네 레스토랑에서 저녁을 먹었다. 막 먹기 시작하려니까, 키가 작은 이상한 여자가 들어와서 나의 테이블에 앉아도 좋으냐고 물었다. 물론 앉아도 좋다고 나는 말했다. 몸짓은 앙증스럽고 사과 같은 얼굴에 눈이 빛나고 있었다. 재킷을 벗어버리고 열에 들뜬 듯이 메뉴를 살펴보더니 셀레스트를 불러, 곧 명확하고 빠른 목소리로 요리를 주문했다. 그러고는 전채 요리를 기다리며 핸드백을 열고 네모난 종이 조각과 연필을 꺼내어 미리 합산을 해보고는 지갑에서 팁까지 덧붙여 정확한 금액을 자기 앞에 내놓았다. 전채 요리가 나오자 그녀는 서둘러서 먹었다. 다음 요리를 기다리며 또 핸드백에서 푸른 연필과 일주일 동안의 라디오 프로그램이 실려 있는 잡지를 꺼내서 정성스럽게 하나씩 하나씩 거의 모든 방송에 표시를 했다. 잡지는 열두어 페이지나 되었으므로 그녀는 식사를 하는 동안 끝까지 세밀하게 그 일을 계속했다. 내가 식사를 끝마쳤을 때도 그녀는 여전히 열심히 표시를 하고 있었다. 그러더니 일어서서 그 꼭두각시 같은 몸짓으로 재킷을 입고 나가버렸다. 별로 할 일이 없었으므로 나도 밖으로 나가서 여자의 뒤를 잠시 따랐다. 그녀는 인도 가장자리를 따라 믿을 수 없을 만큼 엄청난 속도와 정확한 걸음으로 옆으로 비키지도 않고 뒤돌아보지도 않고 제 갈 길만 가고 있었다. 마침내 나는 여자를 시야에서 놓쳐버려 가던 길을 되돌아왔다. 이상한 여자라는 생각이 들었지만 얼마 안 가 잊어버리고 말았다.

내 방 문간에 살라마노 영감이 서 있는 것을 보고 방 안으로 들어오게 했더니 영감은, 그곳에 가봤는데도 없으니 결국 잃어버리고만 것이라고 말했다. 개 마당의 사무원들은 아마 차에 치인 것 같다고 말하더라는 것이었다. 경찰서에 가보면 그런 걸 알 수 있지 않느냐고 물으니까, 매일처럼 있는 일이라 아무 흔적도 남지 않는다고 대답하더라는 것이다. 나는 살라마노 영감에게 다른 개를 기르면 되지 않느냐고 말했지만, 영감은 그 개와 오래 사귀어 정이 들었다고 말했는데, 그건 그럴 법한 일이었다.

나는 침대 위에 웅크리고 살라마노는 테이블 앞 의자에 앉아 있었다. 노인은 나와 얼굴을 마주하고 두 손을 무릎 위에 얹어놓고 있었다. 낡은 소프트 모자를 쓴 채였다. 누런 수염 밑으로 말 마디를 씹어 삼키듯이 중얼거렸다. 그와 대면하고 있기가 좀 거북했으나 그렇다고 별로 할 일도 없었고 잠도 오지 않았다. 무엇이든 이야기를 하려고 그의 개에 관해 물어보았다. 개를 기른 것은 그의 아내가 죽은 뒤부터라고 영감은 대답했다. 그는 꽤 늦게 결혼했다. 젊었을 적에는 연극을 하고 싶어 했다. 군대에 있었을 때는 군인극 〈보드빌〉에 출연하기도 했다. 그러나 결국 철도국에 근무하게 되었는데, 그 결정을 후회한 적은 없었다. 왜냐하면 적으나마 지금 연금을 탈 수 있기 때문이다. 아내와의 관계가 그리 행복하지는 못했으나 대체로 정이 들었던 편이었다. 아내가 세상을 떠났을 때 그는 외로움을 느꼈다. 그래서 개 한 마리를 작업장 동료에게 청하여 아주 어린 놈을 얻어왔다. 처음에는 우유를 먹여서 기르지 않으면 안 되었다. 그러나 개의 수명은 사람의 수명보다 짧은 덕에 그들은 함께 늙고 말았다.

"그놈은 성미가 못돼서 가끔 입에다 망을 씌우곤 했지요. 그렇지만 좋은 개였어요." 살라마노는 말했다. 혈통이 좋은 개였다고 내가 맞장구치자 살라마노는 만족해하며 덧붙였다.

"그런데, 병에 걸리기 전에는 보신 일이 없으시죠? 털이 정말 아름다웠어요."

개가 피부병에 걸린 다음부터 살라마노는 매일 아침 저녁으로 포마드를 발라주었다. 그의 말에 따르면 사실은 노쇠한 것이 원인인데, 노쇠해서 생기는 병은 고칠 도리가 없다는 것이다.

그때 내가 하품을 하자 노인은 가겠노라고 말했다. 나는 좀 더 있어도 괜찮다고 말했다. 그러면서, 개가 그렇게 된 것을 딱하게 생각한다고 하자 그는 고맙다고 했다. 그리고 어머니가 그 개를 귀여워했었다고 말했다. 어머니의 이야기를 하면서 그는 "가엾은 분"이라고 말했다. 어머니가 세상을 떠난 후로 내가 매우 적적할 거라고 그가 말했지만, 나는 아무 대답도 하지 않았다. 그러자 그는 빠른 어조로 어색한 낯을 보이며, 어머니를 양로원에 넣은 탓에 동네에서 나를 나쁘게 생각하고 있다는 걸 알지만 그는 내가 어떤 사람인지 잘 알며, 내가 어머니를 퍽 사랑했었다는 것도 알고 있노라고 말했다. 왜 그랬는지 아직도 모르겠으나 나는 그 때문에 내가 악평을 받고 있다는 것을 모르고 있었다. 나에게는 어머니를 돌볼 만한 돈이 없었으므로 양로원이 마땅한 처사로 생각되었다고 나는 대답했다.

"그리고 오래전부터 어머님은 내게 하실 말씀도 없어서 외롭고 적적해하시던걸요" 하고 덧붙였더니, 그가 말했다.

"그럼요, 양로원에선 친구라도 생기지요."

그리고 그는 자리에서 일어섰다. 가서 자려는 것이었다. 이제 그의 생활은 변화가 불가피할 텐데, 앞으로 어떻게 하면 좋을지 그는 알지 못했다. 그와 알게 된 이후 처음으로 그는 슬그머니 나에게로 손을 내밀었다. 내 손에 그의 피부의 까실까실한 각질이 느껴졌다. 그는 약간 웃어 보이고 방을 나서면서 말했다.

"오늘 밤은 개들이 제발 짖지 말았으면 좋겠는데. 내 개가 아닌가 하는 생각이 자꾸 들어서요."

6

일요일은 좀처럼 잠에서 깨기가 힘들어, 마리가 와서 나의 이름을 부르고 흔들지 않으면 안 되었다. 우리는 일찍부터 해수욕을 하고 싶어서 아침밥도 먹지 않았다. 나는 갑자기 피곤해지면서 머리가 조금 아팠다. 담배를 피워도 맛이 썼다. 마리는 나더러 '초상집에 간 사람 같은 얼굴'을 하고 있다며 놀려댔다. 마리는 흰 옷을 입고 머리카락을 풀어 늘어뜨린 차림이었다. 예쁘다고 말하자 기뻐하며 웃었다.

내려오는 길에 우리는 레몽의 방문을 두드렸다. 레몽은 곧 내려온다고 대답했다. 길가로 나서자 피로한 데다 덧문을 열지 않고 있었던 탓에 벌써 퍼질 대로 퍼진 햇빛 때문에 나는 마치 따귀라도 얻어맞은 것 같았다. 마리는 기뻐서 깡충거리며 날씨가 좋다고 몇 번이고 되풀이해 말했다. 나는 기분이 좀 나아져서 배가 고픈 것을 깨달았다. 그런 이야기를 마리에게 했더니 그녀는 우리들 두 사람의 수영복과 수건만 들어 있는 헝겊 가방을 열어 보였다. 기다리는 수밖에 없었다. 이윽고 레몽이 그의 방문을 닫는 소리가 들렸다. 그는 푸른 바지와 소매가 짧은 흰 셔츠를 입고 있었다. 게다가 밀짚모자를 쓰고 있어서 마리는 우습다고 야단이었다. 그리고 허연 팔목은 검은 털로 덮여 있었다. 그것이 나에게는 좀 보기 싫게 느껴졌다. 휘파람을 불면서 내려온 그는 자못 만족한 눈치였다. 레몽은 나에게 "잘 잤나, 자네?" 하고 말한 다음, 마리를 '마드무아젤'이라고 불렀다.

그 전날 나는 경찰서에 함께 가서, 그 계집이 레몽에게 버릇없이 굴었다고 증언했다. 레몽은 경고를 받고 나왔다. 나의 진술을 트집 잡는 사람은 없었다. 문 앞에서 레몽과 의논을 해 버스를 타기로 결정했다. 바닷가는 그다지 멀지 않았지만 그렇게 하면 더 빨리 갈 수 있을 것이기 때문이었다. 레몽은 그의 친구도 우리가 일찍 오는 것을 기뻐하리라고 생각하고 있었다. 우리가 막 길을 떠나려던 참에 갑자기 레몽이 맞은편을 보라는 시늉을 했다. 한패의 아랍인들이 담배 가게 진열장에 기대어 서 있었다. 묵묵히 우리를 바라보고 있었는데, 마치 우리들이 돌이나 죽은 나무 이외의 아무것도 아니라는 투였다. 왼편으로부터 둘째 녀석이 그놈이라고 레몽이 말했는데, 그는 걱정스러운 눈치였다. 그렇지만 그건 이제 끝나버린 이야기라고 덧붙였다. 마리는 영문을 모른 채 무슨 일이 있었느냐고 물었다. 아랍인들이 레몽에게 원한을 품고 있다고 나는 대답했다. 마리는 곧 출발하기를 원했다. 레몽은 몸을 젖히고 서둘러야겠다고 말하며 곧 웃어버렸다.

우리들은 조금 떨어진 정거장으로 갔다. 아랍인들이 따라오지 않는다고 레몽이 알려주었다. 나는 뒤를 돌아보았다. 그들은 있던 자리에 그대로 서서 우리들이 떠나온 곳을 여전히 무관심한 태도로 바라보고 있었다. 우리는 버스에 올라탔다. 레몽은 아주 안심한 얼굴로 마리에게 줄곧 농담을 했다. 마리가 마음에 든 눈치였는데, 마리는 거의 아무 대답도 하지 않고 이따금 웃으면서 레몽을 쳐다볼 뿐이었다.

우리는 알제 교외에서 내렸다. 바닷가는 정류장에서 멀지 않았다. 그러나 바다를 굽어보며 내리뻗친 조그만 언덕을 지나가지 않으면 안 되었다. 언덕에는 눈부시게 푸르른 하늘을 배경으로 노란 돌들과 하얀 국화들이 뒤덮여 있었다. 마리는 헝겊 가방을 휘둘러 꽃잎을 떨어뜨리는 장난을 하고 있었다.

우리는 푸른, 또는 흰 울타리를 둘러친 작은 별장들이 늘어선 사이를 걸어갔다. 어떤 별장들은 베란다까지 나무 속에 파묻히고, 어떤 것들은 돌들 가운데 덩그러니 서 있었다. 언덕 끝에 이르기도 전에 벌써 움직이지 않는 바다가 눈앞에 나타나고, 멀리 맑은 물 속에 조는 듯 육중한 곶이 보였다. 가벼운 모터 소리가 고요한 대기를 뚫고 우리에게까지 들려왔다. 저 멀리 조그만 어선 한 척이 반짝이는 바다 가운데로 움직이는 듯 마는 듯 가고 있었다. 마리는 창포를 몇 송이 꺾었다. 바다로 내려가는 언덕길에서 바라다보니, 벌써 바닷가에는 해수욕하는 사람들이 여럿 있었다.

레몽의 친구는 해변 기슭의 조그만 목조 별장에 살고 있었다. 집은 바위를 등지고 있었는데 집의 앞쪽 밑을 떠받치는 기둥들은 물 속에 잠겨 있었다. 레몽이 우리를 소개했다. 친구는 마송이라는 이름을 가진 어깨가 건장하고 키가 큰 사람으로, 동그랗고 예쁘장하게 생긴, 파리 말씨를 쓰는 자그마한 여자와 함께 있었다. 그는 곧 우리들에게 거리낌없이 터놓고 사귈 것을 권하고 바로 그날 아침에 낚아온 생선을 튀긴 게 있다고 말했다. 내가 그에게 집이 어쩌면 이렇게도 아담하냐고 말했더니 그는 토요일과 일요일, 그리고 휴일마다 그 별장에 와서 지낸다고 했다.

"제 아내하고라면 누구든지 의좋게 지낼 수 있습니다" 하고 그는 덧붙였다.

과연 그의 아내는 마리와 마주보며 웃고 있었다. 아마 그때 처음으로 나는 마리와 결혼할 것을 진정으로 생각한 듯하다.

마송이 헤엄을 치러 가자고 했으나 그의 아내와 레몽은 가고 싶어하지 않았다. 우리들 셋이서 바닷가로 내려가자 마리는 곧 물 속으로 뛰어들었다. 마송과 나는 잠시 동안 기다렸다. 그는 말을 천천히 했는데 말끝마다 '그뿐만 아니라' 하고 덧붙이는 버릇이 있었다. 실제로 그의 이야기에 보충하려는 뜻이 없을 때에도 그러는 버릇이 있었다. 마리에 관해서는 이렇게 말했다.

"아주 그만입니다. 그뿐만 아니라, 매력도 있구요."

이윽고 나는 햇볕이 기분 좋게 전신으로 스며드는 것을 느끼며 그것에 정신이 팔려서 그의 버릇에는 신경쓰지 않게 되었다. 발 밑에선 모래가 뜨거워지기 시작했다. 물 속으로 들어가고 싶은 욕망을 좀 더 참았다가, 나는 마송에게 "들어가볼까요?" 하고 말한 다음 뛰어들었다.

마송은 천천히 물 속으로 들어가 발이 땅에 붙지 않게 되어서야 몸을 던졌다. 그는 개구리헤엄을 쳤으나 퍽 서툴러서 나는 그를 남겨두고 마리에게로 헤엄쳐 갔다. 물은 차가웠고 헤엄을 치니 유쾌했다. 마리와 함께 멀리까지 나가기도 했는데, 우리는 몸짓과 만족감에 있어 서로 일치함을 느낄 수 있었다.

바다 한가운데로 나가서 우리는 몸을 물에 띄웠다. 하늘로 향한 얼굴 위에서 태양은 입으로 흘러내리는 물의 장막을 걷어주었다. 마송이 모래사장으로 나가서 햇볕을 쬐려고 눕는 것이 보였다. 멀리서도 그는 큼직하게 보였다. 마리는 나와 함께 헤엄을 치고 싶어했다. 나는 뒤로 돌아가 마리의 허리를 붙들고 마리가 팔을 놀려 앞으로 나가는 것을 발버둥을 치며 도와주었다. 고요한 아침의 철썩거리는 물소리가 우리들 곁을 떠나지 않았다. 마침내 나는 지치고 말았다. 그래서 마리를 남겨두고 숨을 크게 쉬면서 규칙적으로 헤엄을 쳐서 돌아왔다. 바닷가로 나와서 나는 마송 앞에 배를 깔고 엎드려 모래 속에 얼굴을 파묻었다. "참 기분이 좋다"고 했더니 그도 그렇다고 했다. 이윽고 마리가 왔다. 나는 고개를 돌려 마리가 걸어오는 것을 바라보았다. 소금물에 젖은 몸은 미끈거려 보였으며, 머리카락을 뒤로 늘어뜨리고 있었다. 마리와 나는 옆구리를 맞대고 누워 있었는데, 그녀의 체온과 뜨거운 햇볕 때문에 나는 얼핏 잠이 들었다.

마리가 나를 흔들어 깨우며 마송은 벌써 집으로 돌아갔고 이젠 점심을 먹어야 할 거라고 말했다. 나는 시장기를 느껴 곧 일어섰다. 그러나 마리는 아침부터 내가 한 번도 키스를 해주지 않았다고 말했다. 그것은 사실이었다. 나도 키스를 하고 싶었다.

"물로 들어가요" 하고 마리가 말했다. 우리는 뛰어가서 곧장 잔물결 속에 몸을 맡겼다. 몇 번 팔을 저어 헤엄쳐 가다가 마리는 나에게 달라붙었다. 그녀의 다리가 나의 다리에 휘감기는 것이 느껴지자 나는 그녀에게 정욕을 느꼈다.

우리들이 돌아가려니까 마송은 벌써 우리를 부르고 있었다. 배가 고프다고 말했더니 마송은 곧 내가 자기 마음에 들었노라고 그의 아내에게 말했다. 빵은 맛있었고, 나는 내 몫의 생선을 게눈 감추듯 먹었다. 그러고는 고기와 감자 튀김이 나왔다. 우리는 모두 아무 말 없이 먹었다. 마송은 자주 술을 마셨고 나에게도 줄곧 따라주었다. 커피를 가져왔을 때는 머리가 좀 무거워서 나는 담배를 많이 피웠다. 마송과 레몽 그리고 나는 공동 비용으로 8월 한 달을 함께 해변에서 지낼 것을 의논했다. 마리가 갑자기 말했다.

"지금 몇 시인 줄 아세요? 열한 시 반이에요."

우리들은 모두 놀랐다. 그러나 마송은 너무 일찍 식사를 하긴 했지만 배고플 때가 결국 식사 시간이니까 별로 이상할 것은 없다고 했다. 그 말을 들은 마리가 왜 웃었는지 나는 모른다. 아마 술을 좀 지나치게 마신 탓이었을 것이다. 그러더니 마송은 함께 바닷가를 산책하지 않겠냐고 나에게 물었다.

"제 아내는 점심을 먹은 뒤엔 반드시 낮잠을 자는데 나는 그게 싫어요. 난 걸어야 합니다. 늘 아내에게 건강에는 걷는 게 좋다고 말하지만, 어쨌든 자기가 하고 싶은 대로 할 수밖에 없지요."

마리는 마송 부인을 거들어 설거지를 하기 위해 남아 있겠노라고 했다. 그러자면 남자들을 밖으로 내보내야 한다고 키가 작은 파리 여자가 말했다. 우리는 셋이서 바닷가로 내려갔다.

햇볕은 거의 수직으로 모래 위에 쏟아져내리고 있었고 바다 위로 반사되는 그 빛은 견디기 어려울 지경이었다. 바닷가에는 아무도 없었다. 언덕을 따라 바다 위로 솟은 작은 별장들 안에서 접시며 포크, 스푼 등이 덜그럭거리는 소리가 들려왔다. 땅에 깔린 돌로부터 올라오는 열기 때문에 숨조차 쉬기 어려웠다. 처음 레몽과 마송은 내가 알지 못하는 여러 가지 일들과 사람들의 이야기를 하였다. 그들이 오래전부터 아는 사이라는 것과 한때 그들은 동거한 적도 있었다는 사실을 나는 알았다. 우리들은 물가로 가서 바다를 끼고 걸었다. 때때로 잔물결이 길게 밀려와 우리들의 헝겊 신발을 적셨다. 나는 맨머리 위로 내리쬐는 태양 때문에 반쯤은 잠이 들어 있어서 아무것도 생각할 수 없었다.

그때 레몽이 마송에게 뭐라고 말하였으나 나는 잘 듣지 못했다. 그러나 그와 동시에 나는 바닷가 저편 아주 멀리서 푸른 작업복 차림의 아랍인 둘이 우리 쪽으로 걸어오고 있는 것을 보았다. 내가 레몽을 쳐다보자, 그는 "그 자식이야" 하고 말했다. 우리들은 걸음을 멈추지 않았다. 마송은 그들이 어떻게 여기까지 우리를 따라올 수 있었을까 이상하게 여겼다. 나는 우리들이 해수욕 가방을 가지고 버스를 타는 것을 그들이 봤을 터라고 생각했지만 아무 말도 하지 않았다.

아랍인들은 천천히 걸어오고 있었는데, 이제 거리가 훨씬 가까워져 있었다. 우리들은 걷는 속도를 바꾸지 않았다. 레몽이 말했다.

"싸움이 벌어지면 마송, 자넨 둘째 녀석을 붙들게. 저 녀석은 내가 맡음세. 뫼르소, 자넨 또 다른 놈이 오면 맡게."

"그러지" 하고 나는 말했다.

마송은 두 손을 호주머니 속에 넣었다.

뜨겁게 단 모래가 지금 나에게는 붉게 보였다. 우리는 일정한 걸음으로 아랍인들에게로 걸어갔다. 그들과 우리 사이의 거리는 점점 줄어들었다. 몇 걸음 되지 않는 간격을 두고 서로 가까워졌을 때 아랍인들이 멈춰 섰다. 마송과 나는 걸음을 늦추었다. 레몽은 바로 그가 맡은 녀석에게로 갔다. 그가 뭐라고 했는지 못 들었으나 아랍 녀석이 머리로 받는 시늉을 했다. 그러자 레몽은 먼저 한 대 때려놓고 곧 마송을 불렀다. 마송은 미리 지목했던 녀석에게로 가서 힘껏 두 번 후려갈겼다. 상대편 녀석은 얼굴을 바닥에 박고 물 속에 나둥그러졌다. 그러고는 잠시 그대로 있었는데 머리께로부터 거품이 물 위로 부글거리고 있었다. 그러는 동안에 레몽도 후려갈겨서 그 아랍 녀석의 얼굴은 온통 피투성이가 되었다. 레몽은 나에게로 고개를 돌리며 말했다.

"자식, 꼬락서니 좀 봐."

"조심해, 그놈 단도를 가졌어!" 하고 내가 말했지만, 레몽은 이미 팔을 찔리고 입을 찢겼다.

마송이 후닥닥 뛰쳐나갔으나, 아랍 녀석도 일어나서 무기를 가진 녀석 뒤로 가서 섰다. 우리들은 움직이지 않았다. 그들은 우리들에게서 눈을 떼지 않고 단도로 위협하면서 천천히 뒷걸음질쳤다. 그러고는 충분한 거리를 갖게 되자 부리나케 달아나버렸다. 그동안 우리들은 햇빛 아래 못박힌 듯 우두커니 서 있었고, 레몽은 피가 흐르는 팔을 움켜쥐고 있었다.

마송은 곧 일요일마다 언덕 별장으로 와서 지내는 의사가 있다고 말했다. 레몽은 그리로 가자고 했다. 하지만 이야기를 할 때마다 상처에서 흐르는 피가 입 속에서 거품처럼 일었다. 우리는 그를 부축하여 급히 별장으로 돌아왔다. 레몽은 상처가 가벼우니까 의사에게 갈 수 있다고 말했다. 그는 마송과 함께 가기로 하고, 나는 남아서 여자들에게 사건에 대한 이야기를 들려주었다. 마송 부인은 울었고, 마리는 파랗게 질려 있었다. 나는 그녀들에게 설명을 하는 게 귀찮아져서 이야기를 중단한 채 담배를 피우면서 바다를 바라보았다.

한 시 경에 레몽이 마송과 함께 돌아왔다. 그는 팔에 붕대를 감고 입가에는 반창고를 붙이고 있었다. 의사는 대수롭지 않다고 했으나 레몽은 침울한 얼굴을 하고 있었다. 마송이 웃기려고 애를 써봤지만 레몽은 여전히 말이 없었다. 바닷가로 내려간다고 하기에 어디로 가느냐고 물었더니 바람을 쐬고 싶다고 대답했다. 마송과 나도 가겠노라고 했더니 레몽은 화를 내며 우리들에게 욕지거리를 했다. 그의 비위를 거스르지 말아야 한다고 마송이 말했지만 나는 그래도 그의 뒤를 따랐다.

우리는 오랫동안 해변을 거닐었다. 태양은 찍어 누르는 듯했다. 햇빛은 모래와 바다 위에 부서져 반짝였다. 나는 레몽이 가는 곳을 알고 있으리란 생각이 들었지만, 어쩌면 꼭 그렇지 않을지도 모른다. 바닷가 끝까지 가서, 우리는 마침내 커다란 바위 뒤에서 바다를 향해 모래밭 속을 흐르고 있는 조그만 샘가에 이르렀다. 거기서 우리는 그 아랍인 둘을 다시 만났다. 그들은 기름기가 밴 푸른 작업복을 입고 누워 있었다. 마음이 거의 가라앉은 듯 아주 태연스러운 모습이었다. 레몽을 찌른 녀석도 아무 말 없이 레몽을 바라보았다. 또 한 녀석은 조그만 갈대 피리를 불고 있었는데, 곁눈으로 우리들을 바라보며 그 악기로 낼 수 있는 세 가지 소리를 되풀이하는 것이었다.

그동안 그곳에는 다만 햇빛과 침묵, 그리고 졸졸 흐르는 샘소리와 피리의 세 가지 음향만이 존재할 뿐이었다. 그러더니 레몽이 호주머니 속의 권총에 손을 댔으나, 상대편은 움직이지 않았고 둘은 여전히 서로 마주 바라보고 있었다. 나는 피리를 불고 있는 녀석의 발가락이 몹시 벌어진 것을 보았다. 레몽은 상대편에게서 눈을 떼지 않고 물었다.

"쏘아버릴까?"

그만두라고 하면 그는 제풀에 화를 내 기어코 쏘고야 말 거라는 생각이 들어서 나는 그저 건성으로 말해주었다.

"저 녀석은 아직 아무 말도 없는데 이대로 쏘아버린다는 건 비겁하잖아."

침묵과 무더운 햇볕 한가운데에서 여전히 물 소리와 호젓한 피리 소리가 들렸다. 이윽고 레몽이 입을 열었다.

"그럼 저 녀석에게 욕을 해줘야겠군. 대답하면 쏘지."

"그래, 하지만 녀석이 단도를 뽑지 않는 이상 쏠 수야 없지."

나는 대답했다. 레몽은 좀 화를 내기 시작했는데, 상대편은 여전히 피리를 불고 있었고, 둘 다 레몽의 거동을 일일이 살피고 있었다.

"쏴선 안 돼. 사나이답게 맞상대를 하게. 그리고 그 권총은 이리 줘. 만약에 다른 녀석이 뛰어들든지, 저 녀석이 단도를 뽑든지 하면 내가 쏘아버릴 테니까."

레몽이 권총을 내게 주었을 때 그 위에 햇빛이 반사되어 번쩍거렸다. 그러나 우리들은 마치 모든 것이 우리들의 주위를 둘러막은 듯이 그대로 움직이지 않고 있었다. 우리들은 눈을 깜박도 하지 않고 서로 마주 노려보고 있었으며, 바다와 모래와 태양 사이에서 피리 소리와 물 소리로 인해 더욱 두드러진 이중의 정적 속에 머물러 있었다. 그 순간 나는 권총을 쏠 수도 있고 쏘지 않을 수도 있었지만 쏘아도 좋고 쏘지 않아도 좋을 것이라고 생각했다. 그런데 갑자기 아랍인들이 뒷걸음질을 치며 바위 뒤로 달아나버렸다. 레몽과 나는 갔던 길을 되돌아왔다. 레몽은 기분이 좀 가라앉은 듯 집으로 돌아갈 버스 이야기를 했다.

나는 별장까지 그와 함께 왔다. 그러고는 레몽이 나무 층계를 올라가는 동안 첫 계단 앞에 서 있었다. 햇볕 때문에 머리가 어지러운데다 그 나무 층계를 올라가야 하고, 다시 여자들과 대면해야 할 것을 생각하니 맥이 풀렸던 것이다. 그러나 극심한 더위 때문에 하늘에서 쏟아지는 햇볕 아래 우두커니 서 있기도 괴로운 일이었다. 그러나 거기에 그대로 있거나 어디로 가버리거나 결국 마찬가지였다. 잠시 후에 나는 바닷가로 돌아서서 걷기 시작했다.

아까와 다름없이 모든 것이 붉게 이글거리고 있었다. 모래 위에서 바다는 잔물결에 북받쳐 가쁜 숨결을 허덕이고 있었다. 나는 천천히 바위께로 걸어가고 있었는데 햇볕이 뜨거워 머리가 부푸는 것 같았다. 더위 전체가 내 위를 억눌러 내 걸음을 막는 것이었다. 그리하여 얼굴 위로 무더운 바람이 와 닿을 때마다, 나는 이를 악물고 호주머니 속의 주먹을 불끈 쥐고, 태양과 태양이 쏟아붙는 짙은 취기를 견뎌내기 위해 전력을 다했다. 모래나 흰 조개껍질이나 유리 조각에서 빛이 칼날처럼 번쩍거릴 때마다 턱이 움찔하였다. 나는 오랫동안 걸었다.

햇볕과 바다의 수분으로 눈부시도록 후광에 둘러싸인 거무스름한 바윗덩어리가 조그맣게 멀리 바라다보였다. 나는 바위 뒤의 서늘한 샘을 생각했다. 그 물의 속삭임을 다시 듣고 싶었고, 태양과 더위와 싸우는 노력, 여자의 울음소리를 피하고 싶었으며, 그곳에서 그늘과 휴식을 찾고 싶었다. 그러나 그곳에 가까이 갔을 때 레몽과 상대했던 녀석이 다시 돌아와 있는 것을 보았다.

그는 혼자였다. 똑바로 드러누워 있었는데, 두 손을 목 밑에 괴고 얼굴만 바위 그늘 속에 넣고 전신에 햇볕을 받고 있었다. 푸른 작업복이 더위 속에서 김을 내고 있었다. 나는 조금 당황했다. 나로서는 그 사건은 이미 끝난 것이라 믿었으므로 그 일은 생각지도 않고 그리로 갔던 것이다.

그는 나를 보자 몸을 조금 일으키고 호주머니에 손을 넣었다. 물론 나도 웃옷 속에 들어 있던 레몽의 권총을 그러쥐었다. 그는 다시금 몸을 젖혀 누워버렸으나 호주머니에서 손을 빼지는 않았다. 나는 그에게서 퍽 멀리, 한 십여 미터쯤 떨어져 있었다. 반쯤 감은 그의 눈꺼풀 사이로 이따금 그의 시선이 새어나오는 것을 느낄 수 있었다. 그의 모습이 타는 듯한 대기 속에서 나의 눈앞에 어른거리고 있었다. 파도 소리는 정오 때보다도 더욱 나른하고 더욱 가라앉았다. 그때와 다름없는 모래 위에 다름없는 태양, 다름없는 빛이 그대로 여기서도 연장되고 있었다. 벌써 두 시간 전부터 오후는 걸음을 멈추고, 두 시간 전부터 끓는 금속 같은 바닷속에 닻을 던졌던 것이다. 수평선 위로 조그만 증기선이 지나갔다. 내가 한쪽 눈 끝으로 그것을 검은 얼룩처럼 느낀 것은 아랍인에게서 눈을 떼지 않고 있었기 때문이었다.

내가 뒤로 돌아서기만 하면 아무 일도 없을 거라고 생각되었지만 햇볕에 진동하는 해변이 내 뒤를 압박하고 있었다. 나는 샘을 향해 몇 걸음을 옮겼다. 아랍인은 움직이지 않았다. 그는 그래도 아직 내게서 꽤 멀리 떨어져 있었다. 아마도 얼굴 위에 덮인 그늘 탓이었는지 웃고 있는 듯 보였다. 나는 기다렸다. 뜨거운 햇볕에 뺨이 불타듯 달아올랐고 땀방울이 눈썹에 맺히는 것이 느껴졌다. 그것은 어머니의 장례식을 치른 그날과 똑같은 태양이었다. 그날처럼 특히 머리가 아프고 이마의 모든 핏대가 피부 밑에서 지끈거리고 있었다. 그 햇볕의 뜨거움을 견디지 못해 나는 한 걸음 앞으로 나섰다. 나는 그것이 어리석은 짓이며, 한 걸음 몸을 옮겨본댔자 태양으로부터 벗어날 수 없다는 것을 알고 있었다. 그렇지만 나는 한 걸음, 다만 한 걸음 앞으로 나섰던 것이다. 그러자 이번에는 아랍인이 몸을 일으키지도 않고 단도를 뽑아서 태양빛에 비추며 나를 겨누었다. 빛이 강철 위에 반사되자 마치 번쩍거리는 길쭉한 칼날이 내 이마를 쑤시는 것 같았다. 그와 동시에 눈썹에 맺혔던 땀이 한꺼번에 눈꺼풀 위로 흘러내려 미지근하고 두터운 막이 되어 눈두덩을 덮어버렸다. 이 눈물과 소금의 장막에 가려서 나의 눈은 보이지 않았다. 다만 이마 위에 울리는 태양의 심벌즈 소리와 단도에서 뻗쳐나오는 눈부신 빛의 칼날을 느낄 수 있을 뿐이었다. 그 뜨거운 칼날은 나의 속눈썹을 쑤시고 아픈 두 눈을 파헤쳤다. 바로 그때였다. 모든 것이 기우뚱한 것은. 바다는 답답하고 뜨거운 바람을 실어왔다. 하늘은 활짝 열리며 불을 쏟아놓는 듯하였다. 나의 온몸이 긴장하여 권총을 힘있게 그러쥐었다. 방아쇠가 당겨졌고 나는 권총 자루의 미끈한 배를 만졌다. 그리하여 짤막하고도 요란스러운 소리와 함께 모든 것이 시작되었다. 나는 땀과 태양을 떨쳐버렸다. 내가 한낮의 균형과 내가 행복을 느끼고 있던 바닷가의 예외적인 침묵을 깨뜨려버렸음을 깨달았다. 그때 나는 쓰러진 몸뚱이에 다시 네 발을 쏘았다. 총탄은 보이지도 않게 깊이 들어박혔다. 그것은 마치 내가 불행의 문을 두드린 네 번의 짧은 노크 소리인 듯했다.

2부

1

체포되자 나는 곧 여러 차례 심문을 받았다. 그러나 그것은 신분 확인을 위한 심문이어서 오래 계속되지는 않았다. 처음 경찰 쪽에서는 나의 사건에 아무도 흥미를 느끼는 것 같지 않았다. 그런데 일주일 후 예심 판사는 나를 유심히 바라보았다. 그러나 처음에는 다만 나의 이름과 주소와 직업, 출생 날짜와 장소를 물었을 따름이다. 그러고는 내가 변호사를 내세웠는지 알고 싶어하기에 나는 그러지 않았다고 말하고 변호사를 반드시 세워야 하느냐고 물었다.

"왜 그러시오?" 하고 그는 말했다.

나는 나의 사건을 매우 간단한 것으로 생각한다고 대답했다. 그는 웃으면서 이렇게 말했다.

"그것도 하나의 의견이긴 하지만, 법률이라는 게 있어서 당신이 변호사를 택하지 않으면 우리가 직무에 따라 선정할 겁니다."

법 제도가 그런 자질구레한 일까지 해주는 것이 매우 편리하다고 나는 생각했다. 그러한 말을 판사에게 했더니, 그도 나에게 동의를 표하고 법률이 참으로 잘 되어 있다고 결론을 내렸다.

나는 처음엔 그를 탐탁하게 생각하지 않았다. 그는 커튼을 둘러 친 방에서 나를 맞아주었다. 테이블 위에 등불이 하나 놓여 있었는데 그것이 내가 앉은 안락의자만을 비추고 있는 탓에 그는 어둠 속에 앉아 있었다. 이전에 책에서 그러한 묘사를 읽은 일이 있었는데 모두가 어린애 장난만 같았다. 이야기가 끝난 뒤에 그를 살펴보니 그 사나이는 얼굴이 말쑥한 데다 푸른 눈은 깊숙이 들어박히고 키가 크고 회색 수염을 길게 길렀으며, 숱이 많은 머리카락이 거의 백발에 가까운 것을 알 수 있었다. 그는 착실하고, 입을 삐죽거리는 신경질적인 버릇이 있기는 했으나, 그럭저럭 호감을 가질 수 있을 듯이 보였다. 방을 나서면서 나는 그에게 손을 내밀려고까지 했던 것이다. 그러나 나는 마침 내가 사람을 죽였다는 사실을 상기했다.

이튿날 변호사 한 사람이 형무소로 찾아왔다. 키가 작고 통통한 사나이였는데 꽤 젊어 보였고, 머리카락을 정성스럽게 빗어 올려 붙이고 있었다. 날씨가 더웠음에도 불구하고(나는 셔츠차림으로 있었다) 검은 양복 차림으로 빳빳한 칼라에 검고 흰 줄무늬가 있는 이상한 넥타이를 매고 있었다. 겨드랑이에 끼고 들어온 가방을 내 침대 위에 놓은 그는 자기 소개를 하더니 서류를 검토해보았다고 말했다. 이 사건은 어렵긴 하지만 내가 그를 신뢰한다면 재판에 이길 것을 의심치 않는다는 것이었다. 내가 고맙다고 하자 그는 "문제의 요점으로 들어갑시다" 하고 말했다.

그는 침대 위에 앉은 다음, 판사 측에서 나의 사생활에 관해 여러 가지로 정보를 수집했노라고 말했다. 최근 양로원에서 어머니가 사망한 사실을 알게 되어 마랑고로 조사를 갔었고, 어머니의 장례식 날 '내가 냉정한 태도를 보였다'는 사실을 조사원들이 알아냈다는 것이다.

"당신에게 이런 걸 묻는 것은 거북한 일이지만, 이건 매우 중요합니다. 그리고 만약 내가 거기에 답변을 할 수 없다면 그것은 판결의 중대한 논거가 될 것입니다" 하고 변호사는 말했다.

내가 협력해줄 것을 그는 요구했다. 그는 그날 슬프더냐고 물었다. 이 질문은 나를 몹시 놀라게 했다. 만약에 내가 그런 질문을 해야만 할 처지라면 나는 매우 어색했을 것이라고 생각되었다. 그러나 나는 자문해보는 습관을 좀 잃어버린 편이어서 정확하게 설명할 수는 없다고 대답했다. 물론 나는 어머니를 사랑했지만 그러나 그런 것은 아무 의미도 없다. 건강한 사람은 누구나 다소간 사랑하는 사람들의 죽음을 바라는 일이 있는 법이다. 그러자 변호사는 내 말을 가로막았는데, 그는 매우 흥분한 듯이 보였다. 그는 나에게 그러한 말은 법정이나 예심 판사의 방에서는 하지 않겠다는 약속을 받아냈다. 그러나 나는 그에게 나에게는 육체적 욕구가 흔히 감정을 방해하는 경향이 있다고 설명해주었다. 어머니의 장례식이 있던 날, 나는 매우 피곤해서 졸음이 왔다. 그렇기 때문에 그날 무슨 일이 있었는지 잘 알 수가 없었다. 내가 확실히 말할 수 있는 것은 어머니가 죽지 않았더라면 좋았을 것이라는 사실이었다. 그러나 변호사는 불만인 눈치였다.

"그것만으론 충분하지 못합니다" 하고 그는 말했다.

잠시 생각을 하더니, 그날 내가 자연적 감정을 억제하였다고 말할 수 있느냐고 물었다.

"그건 사실이라고 할 수 없습니다" 하고 나는 대답했다.

그는 내가 밉살스러운 듯 묘한 눈초리로 나를 바라보았다. 어쨌든 양로원의 원장과 사무원들은 증인으로 심문을 받게 될 것이고, "그러면 그건 당신에게 퍽 불리한 결과를 초래할지도 모르오"라고 모질게 말했다. 그런 이야기는 내 사건과 아무 관계도 없다는 것을 나는 지적했지만, 그는 다만 내가 재판 관련 경험이 전혀 없다는 것을 그만하면 뻔히 알 수 있겠다고만 대답했다.

그는 화가 난 얼굴로 나가버렸다. 나는 그를 좀 더 붙잡아두고, 그의 호감을 얻고 싶다는 것, 그런데 그것은 더 잘 변호해주기를 바라서가 아니라, 이를테면 자연스레 그렇게 하고 싶은 생각이 들어서라는 것을 그에게 설명하고 싶었다. 무엇보다도 내가 그를 불편하게 만들고 있다는 것을 알 수 있었다. 그는 나를 이해하지 못하고 좀 원망하고 있었다. 나는 내가 다른 사람들과 똑같다는 것, 조금도 틀림이 없이 똑같다는 것을 그에게 말하고 싶었다. 그러나 그러한 모든 것이 결국 별로 소용도 없는 일이고 또 귀찮기도 해서 단념하고 말았다.

잠시 뒤에 나는 다시 예심 판사 앞으로 불려갔다. 오후 두 시였는데, 그의 사무실은 이번에는 얇은 커튼을 뚫고 새어드는 햇빛으로 가득 차 있었다. 매우 무더웠다. 그는 나를 앉힌 다음 퍽 정중하게, 나의 변호사는 '사고가 생겨서' 오지 못했다고 말해주었다. 그러나 나에겐 그의 심문에 대답하지 않고 변호사의 도움을 기다릴 권리가 있다는 것이었다. 혼자서라도 대답할 수 있다고 말했더니 그는 책상 위의 벨을 눌렀다. 젊은 서기가 와서 나의 바로 등 뒤에 자리잡고 앉았다.

우리들은 안락의자에 깊숙이 앉았다. 그러고는 심문이 시작되었다. 판사는 먼저, 사람들은 내가 내성적인 성격을 가졌다고 하는데 어떻게 생각하느냐고 물었다.

"나에겐 할 말이 별로 없습니다. 그래서 말을 안 합니다" 하고 나는 대답했다.

그는 첫 심문 때처럼 빙그레 웃으면서 그건 참 지당한 이유라고 말하더니 "그리고 그건 대수롭지 않은 일입니다" 하고 덧붙였다.

그는 이야기를 끊고 나를 보고 있더니, 갑자기 어깨를 추썩이면서 "내가 알고 싶은 것은 당신입니다" 하고 빠른 어조로 말했다. 나는 그가 무슨 말을 하는 건지 잘 알 수 없어서 아무 대답도 하지 않았다. 그는 이어서 "당신의 행동에는 이해하기 곤란한 점들이 있는데, 그것을 이해할 수 있도록 당신이 도와줄 거라고 확신합니다" 하고 말했다. 나는 모두 지극히 간단한 일들뿐이라고 대답했다.

그날 사건을 이야기하도록 판사는 재촉했다. 나는 이미 그에게 한 번 이야기한 것을 다시 요약해 되풀이했다. 레몽, 바닷가, 해수욕, 싸움, 다시 바닷가, 조그만 샘, 태양, 다섯 발의 총탄. 한마디 할 적마다 그는 "네, 네" 하고 말했다. 쓰러진 시체에 이야기가 이르자, 그는 "좋습니다" 하면서 나의 이야기를 확인했다. 나는 그처럼 같은 이야기를 되풀이하는 것에 지쳐 있었고 그렇게 이야기를 많이 한 적은 여태껏 없었던 것처럼 생각되었다.

잠시 동안 아무 말이 없다가 그는 일어서서 나를 도와주겠다고 하면서, 나더러 퍽 재미있는 사람이라고 하더니 하느님의 도움을 얻어 나를 위해 무슨 일을 해줄 수 있을 것이라고 말했다. 그러나 먼저 그는 나에게 몇 가지 질문을 더 하고 싶어 했다. 그러더니 다짜고짜 어머니를 사랑했냐고 물었다.

"네, 다른 사람들과 마찬가지로 사랑했습니다" 하고 나는 대답했다.

그러자 그때까지 규칙적으로 타이프를 치고 있던 서기가 키를 잘못 짚었던지 당황해하더니 다시 고쳐 치기 시작했다. 여전히 확연한 논리도 없이 판사는 이번엔 다섯 발 연달아서 권총을 쏘았냐고 물었다. 나는 잠시 생각을 하고 나서, 처음 한 발 쏘고 몇 초 후에 다시 네 발을 쏘았다고 설명했다. 그러자 그가 물었다.

"첫 발과 둘째 발 사이에 왜 기다렸습니까?"

나는 다시 한번 붉은 바닷가가 눈앞에 떠오르면서 이마 위에 뜨거운 햇볕을 느꼈다. 그러나 나는 아무 대답도 하지 않았다. 그 후로 침묵이 계속되는 동안 판사는 흥분한 눈치였다. 그는 의자에 걸터 앉아 머리카락을 벅벅 긁고 책상 위에 팔꿈치를 괸 다음 야릇한 표정으로 나에게 약간 몸을 굽혔다.

"왜, 왜 당신은 땅에 쓰러진 시체를 쏘았습니까?" 그 물음에도 나는 대답할 수가 없었다. 판사는 두 손으로 이마를 받치고 목소리조차 약간 변하여 "왜 그랬어요? 그것을 말해줘야 합니다. 왜 그랬습니까?" 하고 되물었다.

나는 여전히 말을 하지 않고 있었다. 그는 갑자기 일어서서 사무실 한끝으로 성큼성큼 걸어가더니 서류함의 서랍을 열었다. 거기서 은으로 만든 십자가를 꺼내더니 그것을 휘두르며 나에게로 돌아왔다. 그러고는 여느 때와 아주 다른 거의 떨리는 목소리로 외쳤다.

"당신은 이것을, 이 사람을 압니까?"

"물론 압니다" 하고 나는 말했다.

그러자 그는 흥분하여 빠른 어조로 자기는 하느님을 믿는다는 것과, 하느님이 용서하지 않을 만큼 죄가 많은 사람은 하나도 없지만, 용서를 받으려면 사람은 뉘우치는 마음으로 어린아이처럼 넋을 깨끗이 비워 모든 것을 받아들일 준비를 하지 않으면 안 된다는 그의 신념을 말했다. 그는 전신을 책상 너머로 기울이고 십자가를 거의 내 머리 위에서 휘두르고 있었다. 사실인즉 나는 그의 이론을 따르기가 매우 어려웠다. 첫째로 나는 몹시 더웠고, 그의 사무실에는 큼 직한 파리들이 있어서 그것들이 나의 얼굴에 붙었기 때문이고, 또 나는 그의 태도에 겁이 좀 나기도 했다. 그와 동시에 판사의 하는 짓이 우스워 보였다. 왜냐하면 결국 죄를 지은 사람은 나였기 때문이다. 그러나 그는 그의 이야기를 계속했다. 내가 대강 알아들은 바에 따르면, 그는 나의 고백에 오직 한 가지의 모호한 점이 있다는 것이었다. 즉 권총의 둘째 발을 쏘기 전에 기다렸다는 사실이다. 그 밖의 다른 것들은 잘 알겠는데 그것만이 이해가 되지 않는다는 것이었다.

그가 고집을 부리는 것은 잘못이고 그 마지막 문제는 그다지 중요하지 않다고 나는 그에게 말하려고 했다. 그러나 그는 나의 말을 가로막고 다시 한번 전신을 일으켜, 하느님을 믿느냐고 물으면서 훈계했다. 나는 믿지 않는다고 대답했다. 그는 분연히 앉아버렸다. 그럴 수는 없다며, 누구나, 비록 하느님의 얼굴을 외면하는 사람일지라도 하느님을 믿는 법이라고 말했다. 그것이 그의 신념이요, 만약 그것을 의심해야 한다면 그의 생애는 무의미해지고 만다는 것이었다.

"나의 생애가 무의미하게 되기를 바랍니까?" 하고 그는 외쳤다.

내 생각으로는 그것은 나와는 아무 관계도 없는 일이어서 그에게 그렇다고 대답했다. 그러나 그는 벌써 그리스도의 십자가상을 나의 눈 밑으로 내밀고 터무니없는 말투로 소리를 질렀다.

"나는 기독교 신자야. 나는 이분에게 자네 죄의 용서를 구하고 있어. 어찌하여 자네는 그리스도가 자네를 위해 괴로움을 당하셨다는 것을 믿지 않는단 말인가?"

나는 그가 나에게 반말을 하고 있다는 것을 알아차렸다. 그러나 나는 이제 진절머리가 났다. 더위는 더욱 심해졌다. 별로 이야기를 듣고 싶지 않은 사람으로부터 벗어나고 싶을 때 내가 늘 하는 것처럼 나는 그의 말을 수긍하는 척했다. 그랬더니 놀랍게도 그는 승리한 듯이 말했다.

"그것 봐, 자네도 믿잖아? 하느님께 마음을 바치겠지?"

물론 나는 다시 한번 아니라고 했다. 그는 다시금 안락의자 위에 주저앉고 말았다.

그는 매우 피곤한 듯했다. 잠시 그는 아무 말도 없었으나, 그 동안에도 타이프는 대화를 따르기를 멈추지 않고 마지막 이야기를 계속해서 치고 있었다. 그는 나를 약간 슬픈 표정으로 물끄러미 바라보고 나서 중얼거렸다.

"당신처럼 고집 센 사람은 처음 봅니다. 내 앞으로 온 죄인들은 이 고뇌의 형상을 보고 모두 울었어요."

나는 그것은 바로 그들이 죄인이었기 때문이라고 대답하려 했다. 그러나 나도 그들과 같은 죄인이라는 생각을 했다. 그것은 나로서는 도무지 실감이 나지 않는 생각이었다. 그때 판사가 일어섰다. 심문이 끝났다는 것을 의미하는 듯했다. 그는 여전히 좀 피곤한 표정으로 내가 한 일을 후회하느냐고 물었다. 나는 생각을 하고 나서 정말 후회라기보다는 차라리 일종의 귀찮음을 느낀다고 대답했다. 나는 그가 나를 이해하지 못하는 듯한 인상을 받았다. 그날은 그것으로 그치고 이야기는 더 진행을 보지 못했다.

그 후 여러 차례 예심 판사를 만났다. 만날 때마다 나는 변호사를 동반했다. 이야기는 다만 나로 하여금 먼젓번에 한 진술의 어떤 점을 좀 더 자세히 말하게 하는 정도에 그쳤다. 그러지 않으면 판사는 나의 변호사와 직무에 관한 토론을 했다. 그러나 실상 그때마다 그들은 나 따위는 아랑곳하지도 않았다. 어쨌든 차츰차츰 심문의 방식이 달라졌다. 판사는 이미 나에게는 관심이 없는 것 같았고, 그는 이를테면 내 사건의 성격을 규정지어버린 모양이었다. 그는 다시는 나에게 하느님 이야기를 하지 않았으며, 먼젓번처럼 흥분한 모습도 다시 보이지 않았다. 그 결과 우리들의 대화는 점점 친밀해졌다. 몇몇 질문이 있고, 변호사와 좀 이야기를 하고 나면 심문이 끝났다. 나의 사건은, 판사의 말에 따르면, 착착 진척되어가고 있었다. 가끔씩 대화가 일반적 성질을 띠게 되면 나도 거기에 한몫 끼곤 했다. 나는 그제서야 숨을 쉴 수 있었다. 그런 때에는 아무도 나에게 심하게 굴지 않았기 때문이다. 모든 것이 자연스럽고 규모 있고 침착하게 꾸며져서 나는 '가족들 사이에 끼여 있는 것 같은' 어처구니없는 인상을 받았다.

　그리하여 11개월 동안이나 계속된 예심을 치르고 나서 나는 이따금 판사가 나를 배웅하고 어깨를 두드리며, "오늘은 끝났습니다. 반기독교인 양반" 하고 다정스럽게 이야기해주던 그 순간을 무엇보다도 즐겼다는 사실에 스스로 놀라지 않을 수 없었다. 판사의 방문을 나서면 나는 다시 경관의 손에 맡겨졌다.

2

결코 이야기하고 싶지 않았던 일들도 있다. 형무소로 들어와 며칠이 지난 후에 나는 장차 인생을 살면서 그 시기를 이야기하고 싶지 않게 되리라는 것을 깨달았다.

그 후 그러한 혐오는 대수롭게 여기지 않게 되었다. 사실인즉 처음에는 형무소에 있다는 것이 실감나지 않았다. 나는 막연히 새로운 사건을 기다리고 있었다. 모든 것이 시작된 것은 다만 마리의 최초의, 그리고 유일한 방문을 받은 다음부터였다. 마리의 편지를 받은 날(아내가 아니어서 이제는 면회를 허가하지 않는다고 그 편지에서 마리는 말하고 있었다), 그날부터 나는 나의 감방이 내 집이고 나의 생활은 그 속에 한정되어 있음을 느꼈다. 체포되던 날, 우선 나는 이미 여러 사람이 수감되어 있는 유치장에 갇히게 되었는데 대부분이 아랍인들이었다. 그들은 나를 보고 웃더니 무슨 일을 저질렀느냐고 물었다. 아랍인을 한 놈 죽였다고 대답하자 그들은 잠잠해졌다. 이윽고 저녁의 장막이 내렸다. 그들은 누워서 잘 이부자리 펴는 법을 설명해주었다. 한끝을 말아서 베개로 사용할 수 있는 것이었다. 밤새도록 빈대가 얼굴 위를 기어다녔다. 며칠 후에 나는 독방으로 격리되어 판자 위에서 자게 되었다. 변기통과 쇠로 만든 대야가 있었다. 형무소는 시가(市街) 꼭대기에 있어서 조그만 창문으로 바다가 보였다. 어느 날 철창에 달라붙어 빛을 향해 얼굴을 내밀고 있으려니까 간수가 들어와서 면회하러 온 사람이 있다고 말했다. 마리려니 하고 생각했다. 과연 마리였다.

면회실로 가기 위해 기다란 복도를 거쳐서 계단을 지나 또 다른 복도의 끝으로 걸어갔다. 그리하여 널따랗게 뚫린 창으로 빛이 들어오는 큰 방에 들어섰다. 방은 세로로 막은 커다란 두 개의 철책에 의해 세 부분으로 나뉘어 있었다. 철책 사이에는 팔 미터에서 십 미터쯤 되는 간격이 있어서 면회인과 죄수를 갈라놓고 있었다. 내 앞에 줄무늬 옷을 입고 얼굴이 햇볕에 그을은 마리가 보였다. 내가 서 있는 쪽에는 죄수들이 여남은 명 있었는데, 대부분은 아랍인들이었다. 마리는 모르는 사람들에게 둘러싸여, 면회 온 두 여자 사이에 끼어 있었다. 한 명은 입술을 꼭 다물고 검은 옷을 입은 키가 자그마한 노파였고, 또 한 명은 차도르를 쓰지 않은 뚱뚱한 여자였는데 몸짓을 많이 섞어가며 목청을 돋우어서 지껄이고 있었다. 철책 사이의 거리 때문에 면회인이나 죄수들은 큰 목소리로 이야기하지 않으면 안 되었다. 방 안에 들어섰을 때 커다랗고 텅빈 벽에 반사되어 울리는 소란한 목소리와 유리창 위로 쏟아져서 방 안으로 퍼지는 거센 빛 때문에 얼떨떨했다. 내 감방은 보다 더 조용하고 어두웠다. 그곳에 익숙해지기까지는 약간의 시간이 필요했다. 마침내 나는 밝은 빛에 드러난 얼굴들을 똑똑히 볼 수 있게 되었다. 간수 한 사람이 철책 사이의 복도 끝에 앉아 있는 것이 보였다. 대부분의 아랍인 죄수들과 그 가족들은 서로 마주 웅크리고 앉아 있었다. 그들은 소리를 지르지는 않았다. 그처럼 소란스러운 가운데서도 나직한 목소리로 의사소통이 가능한 것이었다. 밑으로부터 올라오는 그들의 희미한 속삭임은 그들의 머리 위에서 교차되는 말소리에 대해 줄곧 일종의 저음부를 이루고 있었다. 그러한 모든 것을 나는 마리에게로 다가가는 동안 한순간에 알아챘다. 벌써 철책에 달라붙어서, 마리는 있는 힘을 다해 웃어 보이고 있었다. 그녀가 매우 아름답다고 생각했으나, 그런 말을 하지는 못했다.

"어떠세요?" 하고 마리는 목소리를 돋우어서 말했다.

"별일 없어."

"불편하진 않으세요? 뭐 필요한 건 없으시고?"

"아무것도 없어."

우리들은 말을 끊었다. 마리는 여전히 웃고 있었다. 뚱뚱한 여자는 내 옆의 사나이를 향해 울부짖고 있었다. 그녀의 남편인 듯 보이는 남자는 솔직한 눈매를 가진 키가 큼직한 금발의 사나이였다. 무슨 말인지, 시작한 대화를 계속하고 있었다.

"잔느는 그 녀석을 붙잡으려고 하질 않아요" 하고 여자는 소리소리를 질렀다.

"응, 그래?" 하고 사나이가 말했다.

"당신이 나오면 그 녀석을 꼭 붙잡을 거라고 말했지만, 그래도 붙잡으려고 하질 않네요."

마리가 그때 레몽이 안부를 전하더라고 소리를 질러서 나는 고맙다고 대답했다. 그러나 나의 목소리는 "그 녀석은 잘 있는가?" 하고 묻는 내 옆 사나이의 목소리에 뒤덮여버리고 말았다. 그의 아내는 "더할 나위 없이 몸이 좋아졌다"고 말하면서 웃었다. 내 왼편에 있던, 손이 가냘프고 키가 작은 청년은 아무 말이 없었다. 그는 자그마한 노파와 마주앉아 서로 뚫어지게 쳐다보고 있었다. 그러나 나는 그들을 더 관찰할 여유가 없었다. 희망을 가져야 한다고 마리가 외쳤기 때문이다. 나는 "그야 그렇지" 하고 대답했다. 그와 동시에 나는 마리를 바라보고, 입은 옷 위로 그녀의 어깨를 껴안고 싶다는 생각을 했다. 나는 그 얇은 천에 욕망을 느꼈다. 그리고 그 천 이외의 무엇에 희망을 가질 것인지 알 수가 없었다. 마리가 하고자 한 말도 아마 그런 뜻이었으리라. 마리는 줄곧 웃음을 띠우고 있었던 것이다. 이제 나에게는 그녀의 반짝이는 이와 눈의 잔주름밖에 보이지 않았다. 마리가 다시 외쳤다.

"나오시면 우리 결혼해요."

"글쎄" 하고 대답했으나, 그것은 무슨 말이건 하기 위해서였다. 그러자 마리는 아주 빨리, 그리고 여전히 높은 음성으로 정말이라고 하며 석방되면 또 해수욕을 하러 가자고 말했다. 곁에 있던 여자도 고함을 지르며 서기과에 바구니를 맡겼다고 말하고, 그 속에 넣은 것을 일일이 주워섬겼다. 돈이 많이 든 것이니 없어진 게 없나 검사해볼 필요가 있다는 것이었다. 내 왼편에 있던 청년과 어머니는 여전히 서로 마주보고 있었다. 아랍인들의 웅성거리는 소리는 우리들 발 밑에서 계속되고 있었다. 밖에서는 빛이 창문에 부딪혀 부풀어오르는 것 같았다. 그러더니 빛이 모든 사람들의 얼굴 위로 산뜻한 즙처럼 흘렀다.

나는 몸이 좀 피곤해짐을 느껴 밖으로 나오고 싶었다. 시끄러운 소리 때문에 기분이 언짢았다. 그러면서도 한편으로는 마리를 좀 더 보고 싶었다. 그 후로 얼마나 시간이 지났는지 모른다. 마리는 자기 일에 관해 이야기를 하며 끊임없이 웃고 있었다. 속살거리는 소리, 외치는 소리, 주고받는 이야기 소리가 서로 교차되었다. 내 옆에서 서로 마주 바라보고 있던 젊은이와 노파 두 사람만이 침묵의 고도(孤島)를 이루고 있었다. 하나씩하나씩 아랍인들이 끌려나갔다. 맨 처음 사람이 나가버리자 거의 모든 사람이 동시에 말을 끊었다. 키가 작은 노파가 철책 창살로 다가섰다. 그와 동시에 간수가 그의 아들에게 몸짓을 했다.

"안녕히 가세요, 어머니" 하고 아들이 말하자 노파는 두 창살 사이로 손을 들이밀어 아들에게 천천히 그리고 조그맣게 오래도록 손짓을 했다.

노파가 나가자 남자 한 사람이 모자를 손에 들고 들어와서 그 자리를 차지했다. 그러자 죄수 한 사람이 끌려들어왔고, 그들은 활기 있게 이야기를 시작했는데 목소리는 낮았다. 방 안이 다시금 조용해졌기 때문이었다. 내 오른편에 있던 사나이가 불려나갈 차례가 되자, 그의 아내는 미처 소리를 크게 지를 필요가 없어진 것을 알아차리지 못한 듯, 어조를 낮추지 않고 말했다.

"몸조심하시고, 주의하셔야 해요."

내 차례가 됐다. 마리는 키스를 보내는 시늉을 했다. 나는 방을 나서기 전에 돌아다보았다. 마리는 얼굴을 창살에 비벼대며, 여전히 켕기고 찡그린 듯한 웃음을 지으며 우두커니 서 있었다.

마리가 편지를 보낸 것은 그로부터 며칠 뒤의 일이다. 내가 이야기하고 싶지 않았던 일이 시작된 것은 그때부터였다. 어쨌든, 무엇이나 과장은 하지 말아야 하는 법인데 그것은 다른 사람들에 비하여 나에게는 별로 어렵지 않은 일이었다. 형무소에 수감되어 처음에 가장 괴로웠던 일은 내가 자유로운 사람의 생각을 하는 것이었다. 가령 바닷가로 가서 물 속으로 들어가고 싶은 욕망이 솟곤 했다. 발 밑의 풀에 부딪히는 첫 물결 소리, 물 속으로 몸을 담글 때의 촉감, 그리하여 느끼는 해방감, 그러한 것들을 상상할 때, 갑자기 나는 감옥의 벽이 그 얼마나 답답하게 나를 둘러싸고 있는지를 느꼈다. 그런 상황이 몇 달 동안 계속되었다. 그다음에는 죄수로서의 생각밖에 없었다. 나는 매일 안뜰에서 하는 산책 시간, 아니면 변호사의 방문을 기다렸다. 나머지 시간은 그럭저럭 보낼 수 있었다. 그 당시 나는, 내가 만약 마른 나무 둥치 속에 들어가 살게 되어 머리 위 하늘에 피는 꽃을 바라보는 것밖에 다른 할 일이라곤 아무것도 없게 된다고 하더라도, 차츰 그런 생활에 익숙해지리라고 생각했다. 그러면 나는 지나가는 새들이나 마주치는 구름들을 기다렸을 것이다. 마치 여기서 변호사의 야릇한 넥타이가 나타나기를 기다리듯이, 또 저 바깥 세상에서 마리의 육체를 껴안을 것을 기다리며 토요일까지 참고 지냈듯이. 그런데 결국 생각해보면 나는 마른 나무 둥치 속에 들어 있는 것도 아니었고 나보다 더 불행한 사람들도 있었다. 사실 이건 어머니의 생각이었는데 어머니는 늘 말하기를, 사람은 무엇에나 결국은 익숙해지는 법이라고 했다.

그리고 보통은 내가 그런 지경에까지 이르는 경우는 없었다. 처음 몇 달 동안은 괴롭기는 했지만, 바로 그것을 겪어내는 노력이 그 몇 달 동안을 지내는 데 도움이 된 것이다. 가령 여자에 대한 정욕이 고통거리였다. 나는 젊었으므로 그것은 당연한 일이었다. 특히 마리만을 생각하는 것이 아니라, 그저 어떤 여자, 여러 여자들, 좋아하여 사귀었던 모든 여자들을 생각한 까닭에 나의 감방은 그 여자들의 얼굴로 가득히 들어차고 나의 정욕으로 충일했다. 한편으로 그것들은 나의 마음을 어지럽게 하였으나 또 한편으로는 시간을 보낼 수 있게 해주었던 것이다. 나는 마침내 식사 시간에 주방 보조와 같이 오곤 하던 간수장의 동정을 얻게 되었다. 여자의 이야기를 먼저 한 것은 그였다. 다른 사람들도 못 견뎌 첫째로 호소하는 것이 그것이라고 그는 말했다. 나는 그에게 나도 다른 사람들과 마찬가지여서 그런 대우를 못마땅하게 생각한다고 말했다.

"그러나 당신네들을 감옥에 가두는 것은 그 때문이라오" 하고 그는 말했다.

"아니, 그 때문이라니?"

"아무렴. 자유라는 것, 그것을 당신네들에게서 빼앗는 거란 말이오."

나는 한 번도 그런 것을 생각해본 일이 없었다. 나는 그에게 동의를 표하며 말했다.

"참, 그렇긴 해. 그렇지 않다면 징벌이라는 게 어디 있겠소?"

"그렇고말고. 당신은 참 이해를 잘하는데, 다른 사람들은 그렇지 못해요. 그렇지만 결국 그네들도 스스로 괴로움을 덜게 된답니다."

또 담배도 고통거리였다. 형무소로 들어왔을 때 나는 허리띠, 구두끈, 넥타이, 그리고 호주머니에 지니고 있던 모든 것, 특히 담배를 빼앗겼다. 감방으로 옮겨와서 담배를 돌려달라고 청해봤지만 그것은 금지되어 있다는 것이었다. 처음 며칠 동안은 매우 괴로웠다. 내게 가장 고통을 준 것은 아마 이것이었을 것이다. 침대 판자를 뜯어내서 그 나무 조각을 빨곤 했다. 온종일 구역질이 나서 견딜 수 없었다. 아무에게도 해가 되지 않는 그것을 왜 빼앗아버리는 것인지 알수가 없었다. 그 후 나는 그것도 징벌의 일부임을 깨달았다. 그러나 그때부터는 벌써 담배를 피우지 않는 일에 익숙해져서 그것이 나에게는 이미 아무런 징벌도 되지 못했다.

그러한 불편을 제외하면 나는 그다지 불행하지도 않았다. 거듭 말하자면, 문제는 다만 시간을 어떻게 보내느냐 하는 것이었다. 과거를 추억하는 것을 배운 뒤로는 심심해서 괴로운 일은 없게 되었다. 이따금 나는 나의 방을 생각했다. 그 한구석으로부터 출발해 한 바퀴 돌아서 다시 출발점으로 되돌아오는 것인데, 그러면서 도중에 있는 것을 모두 머릿속으로 따져보곤 했다. 처음에는 아주 빨리 끝나버렸는데 그 후로 다시 되풀이할 적마다 조금씩 시간이 길어졌다. 왜냐하면 있는 가구를 전부 하나씩 생각하고, 또 그 가구마다 그 속에 들어 있는 물건들을 모두 하나씩 생각하고, 또 그 물건마다 그 세밀한 곳까지 생각하고, 그러한 세밀한 점들, 상감된 무늬라든가 흠이라든가 이 빠진 가장자리라든가, 그런 것들에 관해서 그 빛깔 또는 결 같은 것을 생각했기 때문이었다. 그와 동시에 나는 내 재산 목록에 무엇 하나 빠짐없이 온전한 일람표를 만들려고 힘썼다. 그리하여 몇 주일 후에는 내 방 안에 있는 것들을 따져보는 것만으로 여러 시간을 보낼 수 있었다. 그처럼 생각을 하면 할수록 나는 등한히 했던 것, 잊어버렸던 것들을 기억으로부터 이끌어낼 수 있었다. 그때 나는 단 하루만 산 사람이라도 쉽사리 백 년쯤은 감옥에서 살 수 있을 거라고 생각했다. 그런 사람이라도 얼마든지 추억할 거리가 있어 심심하지는 않을 것이다. 어떻게 생각하면 그건 편리한 일이었다.

또 잠도 고통거리였다. 처음에는 밤에도 잘 수 없었고, 더군다나 낮에는 조금도 잘 수 없었다. 차츰 밤에 자는 데 익숙해졌으며, 낮에도 잘 수 있게 되었다. 마지막 수개월 동안은 하루에 열여섯 시간에서 열여덟 시간씩 잤다고 말할 수 있다. 그래서 남는 시간은 약 여섯 시간이었는데, 그 시간은 식사며, 대소변이며, 추억이며, 체코슬로바키아 이야기로 보내면 되었다.

사실 나는 밀짚을 넣은 매트와 침대 판자 사이에서 한 장의 옛 신문을 발견했다. 천에 들러붙어서 노랗게 빛이 바래고 앞뒤가 비쳐 보였다. 첫 대목은 떨어져나가고 없었으나 체코슬로바키아에서 일어난 듯한 기사가 실려 있었다. 어떤 사나이가 그 동안 살던 마을을 떠나 돈벌이를 나갔다가 이십오 년 후에 부자가 되어서 아내와 어린아이 하나를 데리고 돌아왔다. 그의 어머니는 그의 누이와 함께 고향에서 여관을 경영하고 있었다. 그들을 놀라게 해주려고 사나이는 처자를 다른 여관에 남겨두고 어머니 집으로 갔는데, 어머니는 그를 알아보지 못했다. 그는 장난으로 방을 하나 잡고 돈을 보였다. 밤중에 그의 어머니와 누이는 그를 망치로 때려죽이고 돈을 훔친 다음 시체를 강물 속에 던져버렸다. 아침이 되자 사나이의 아내가 와서 무심코 길손의 신분을 밝혔다. 어머니는 목을 매고 누이는 우물 속에 빠져 죽고 말았다. 나는 그 이야기를 아마 수천 번 읽었을 것이다. 한편으로 그것은 사실 같지 않은 이야기였지만 또 한편으로는 그럴 법도 한 이야기였다. 어쨌든 그런 결과에 대해서는 길손에게도 좀 책임이 있고 장난이란 함부로 할 것이 아니라고 나는 생각했다.

그처럼 잠을 자고 지나간 일을 생각하고 3면 기사를 읽는 동안 빛과 어둠이 교차하고 시간은 흘렀다. 감옥에 있으면 시간 관념을 잃어버리고 만다는 얘기를 읽은 일이 있었지만 그때는 그러한 것이 나에게 별다른 의미를 갖지 못했었다. 하루하루가 얼마나 길고 동시에 짧을 수 있는 것인지 나는 알지 못했던 것이다. 지내기는 물론 길었지만, 너무나 길게 늘어나서 하루하루는 넘쳐 서로 겹치고 마는 것이었다. 세월은 이름을 잃어버리게 되었다. 어제 혹은 내일이라는 말만이 나에게는 의미를 잃지 않고 있을 뿐이었다.

내가 들어온 지 다섯 달이 지났다는 말을 어느 날 간수로부터 들었을 때 나는 그의 말을 믿었으나 그 말을 이해할 수는 없었다. 나로서는 언제나 같은 날이 내 감방으로 밀려오고 언제나 같은 일을 계속하고 있었던 것이다. 그날 간수가 가버린 뒤에 나는 쇠로 만든 밥그릇에 비친 나의 얼굴을 들여다보았다. 내 모습은 아무리 마주보며 웃으려고 해도 무뚝뚝한 채로 있는 듯했다. 나는 그 모습을 눈앞에서 흔들고 빙그레 웃었으나 비쳐진 얼굴은 여전히 무뚝뚝하고 슬픈 표정이었다. 날이 저물어가고 있었다. 그것은 나로서는 이야기하고 싶지 않은 시간, 무어라 형언할 수 없는 그런 시간이었다. 형무소 모든 층의 여기저기로부터 저녁의 소리가 정적의 행렬을 지어 올라오는 그런 시간이었다. 나는 천장으로 뚫린 창문으로 다가가서 마지막 빛 속에 나의 모습을 들여다보았다. 여전히 무뚝뚝한 표정이었으나 그야 놀라울 것도 없었다. 나는 그때 사실 무뚝뚝한 얼굴을 하고 있었으니까. 그러나 그와 동시에 여러 달 만에 처음으로 나는 내 목소리를 똑똑히 들었다. 나는 그것이 오래전부터 나의 귀에 울리고 있었던 소리임을 알아차리고 그동안 내가 줄곧 혼자서 이야기를 하고 있었다는 것을 깨달았다. 그때 나는 어머니의 장례식 날 간호사가 한 이야기를 생각했다. 정말 어쩔 도리가 없는 것이다. 그리고 형무소 안의 저녁이 어떤 것인지 아무도 상상할 수는 없는 것이다.

3

결국 여름이 빨리 지나가고 또다시 여름이 되었다고 말할 수 있다. 첫더위가 다가옴에 따라 내게 무슨 새로운 일이 생기리라는 것을 나는 알고 있었다. 내 사건은 중죄 재판소의 맨 나중 회기에 심의할 예정으로 기록되어 있었는데, 그 회기는 6월로 끝나는 것이었다. 변론이 시작되었을 때 밖에는 햇빛이 무르녹고 있었다. 변론이 이삼일 이상은 계속되지 않을 것이라고 변호사는 확언했다.

"그리고 당신의 사건이 이번 회기에서 제일 중요한 사건은 아니니까 재판정에서도 서두를 겁니다. 뒤이어 부모 살해 사건을 심의하게 될 것입니다" 하고 그는 덧붙였다.

나는 아침 일곱 시 반에 불려나가 호송 마차로 재판소까지 이송되었다. 그리하여 간수 두 사람의 지시에 따라 어둠침침한 조그만 방 안으로 들어갔다. 우리는 거기 앉아 기다렸는데 옆으로 문이 하나 있어서, 그 뒤에서는 말 소리, 호명 소리, 의자 소리, 그리고 동네 축제에서 음악 연주가 끝나고 춤을 출 수 있도록 방 안을 정리할 때를 연상케 하는 뒤숭숭한 소리가 들려왔다. 재판이 열릴 때까지 기다려야 한다고 간수들은 말했다. 그중 한 헌병이 내게 담배를 권했으나 나는 거절했다. 조금 후에 그가 떨리냐고 묻기에 나는 아니라고 대답했다. 어떤 의미로는 재판 광경을 본다는 것이 흥미 있는 일이기까지 했다. 나는 여태껏 그런 기회를 한 번도 가져보지 못했던 것이다.

　"그야 볼 만하지. 그렇지만 나중엔 싫증이 나고 말아" 하고 또 다른 간수가 말했다.

　이윽고 조그만 벨 소리가 방 안에 울렸다. 간수들은 나의 수갑을 풀고 문을 열어 나를 피고석으로 들여보냈다. 법정에는 사람들이 꽉 들어차 있었다. 커튼이 드리워져 있었으나 햇빛이 여기저기서 새어들어와 공기는 숨막힐 지경이었다. 유리창이 닫혀 있었던 것이다. 나는 의자에 걸터앉았고 간수들도 나의 좌우에 자리를 잡았다. 내 앞에 나란히 열을 지은 얼굴들이 눈에 뜨인 것은 바로 그때였다. 모두 나를 바라보고 있었다. 나는 그들이 배심원이라는 것을 깨달았다. 그러나 그 얼굴들을 구별짓는 특징을 말할 수가 없다. 내가 받은 인상은 다만 하나뿐이었다. 말하자면 나는 전차 좌석을 눈앞에

보고 있는 것 같았고, 그 이름 모를 승객들이 웃음거리를 찾아보려
고 새로 오르는 승객을 훑어보는 것 같았다. 그러나 그것이 어리석
은 생각이라는 것을 나는 잘 알고 있었다. 왜냐하면 그들 배심원이
찾고 있는 것은 웃음거리가 아니라 죄였으니까 말이다. 다만 그 차
이는 그리 큰 것이 아니고, 어쨌든 나의 머리를 스친 것은 그러한 생
각이었다.

나는 또 그 닫힌 방 안에 들어찬 사람들 때문에 좀 어리둥절했다.
재판소 안을 둘러보았으나 어느 얼굴 하나 분별할 수 없었다. 처음
나는 그 모든 사람들이 나를 보려고 모여들었다는 사실을 이해할
수 없었다. 여태껏 사람들은 나에게 관심을 갖지 않았었다. 내가 그
러한 법석의 원인이라는 것을 이해하기 위해서는 노력이 필요했다.

"사람들이 어지간히 많군!" 하고 내가 간수에게 말하자 간수는
신문들 때문이라고 대답하고 배심원석 아래 책상 옆에 자리잡은 사
람들을 가리키며 말했다.

"저기들 와 있군."

"누구 말이오?" 하고 나는 물었다.

"신문기자들 말이야" 하고 그는 다시 말했다.

간수는 기자 한 사람을 알고 있었는데 그 기자가 그때 간수를 보
고 우리들에게 걸어왔다. 꽤 나이가 많고 약간 찌푸린 얼굴이었으
나 호감이 가는 사나이였다. 그는 매우 다정하게 간수의 손을 잡았
다. 그때 나는 마치 클럽에서 같은 모임의 사람들끼리 서로 만나서
즐거워하듯 모든 사람들이 서로 아는 얼굴을 찾아서 이야기를 걸

고, 주고받고 하는 것을 보았다. 또 나는 어쩐지 불청객 같고 그 자리엔 필요 없는 존재라는 기묘한 생각이 들었다. 그러나 신문기자는 웃음 띤 얼굴로 나에게 말을 걸었다. 그는 모든 것이 나에게 유리하게 되기를 바란다고 말했다. 나는 고맙다고 말했다.

"우리들은 당신의 사건을 좀 부풀려서 보도했답니다. 여름철은 신문사로선 불경기죠. 기삿거리가 될 만한 것이라곤 당신 사건하고 부모 살해 사건밖엔 없었어요" 하고 그는 덧붙였다.

그리고 그가 방금 같이 앉았다가 자리에서 일어서서 온 그 사람들 가운데, 뚱뚱한 두더지처럼 생기고 검은 테의 큼직한 안경을 쓴 키가 자그마한 사나이를 가리키며 파리에 있는 모 신문사의 특파원이라고 말했다.

"당신 사건 때문에 온 건 아닙니다. 부모 살해 사건에 관한 취재 임무를 띠고 왔는데, 동시에 당신 사건도 기사로 만들어 보내라는 지시를 받았죠."

그 말에 대해서도 나는 하마터면 고맙다는 말을 할 뻔했다. 그러나 그것은 우스운 일이라는 생각이 들었다. 기자는 나에게 조그맣고 다정스러운 손짓을 해보이고 가버렸다. 우리는 또 몇 분 동안 더 기다렸다.

나의 변호사는 법관복을 입고 여러 동료들에게 둘러싸여 들어왔다. 그는 신문기자들에게로 가서 악수를 했다. 그들은 농담을 하며 웃는 등 아무 일도 없다는 듯한 태도였다. 마침내 법정 안에 벨이 요란스럽게 울렸다. 모두들 자기 자리에 착석했다. 나의 변호사는 내게로 와서 손을 잡아 흔들며, 질문을 받으면 짤막하게 대답하고, 이쪽에서 먼저 뭐라고 말하지 말라고 그리고 그 밖의 일은 자기에게 맡기라고 충고했다.

왼편에서 의자를 뒤로 당기는 소리가 들리더니 붉은 법관복을 입고 코안경을 쓴, 키가 크고 호리호리한 사나이가 조심스럽게 옷을 추스르며 앉는 것이 보였다. 그가 검사였다. 서기 한 사람이 개정(開廷)을 알렸다. 동시에 두 개의 커다란 선풍기가 윙윙거리기 시작했다. 판사 세 사람이, 둘은 검정 옷을 입고 하나는 붉은 옷을 입었는데, 서류를 가지고 들어와서 실내를 한눈에 내려다볼 수 있는 단으로 빨리 걸어 올라갔다. 붉은 옷을 입은 사나이는 중앙에 자리 잡고 앉아서 앞에 둥근 모자를 벗어놓고 조그만 대머리를 손수건으로 닦고 나서 재판 개시를 선언했다.

신문기자들은 벌써 만년필을 손에 들고 있었다. 그들은 모두 무관심하고 비웃는 태도였다. 그러나 플란넬 옷을 입고 푸른 넥타이를 맨 아주 젊은 청년 하나만은 만년필을 앞에 놓은 채 나를 바라보고 있었다. 약간 균형이 잡히지 않은 듯한 그 얼굴에서, 내게는 매우 맑은 두 눈밖에 보이지 않았다. 그 눈은 물끄러미 나를 보고 있었는데 이렇다 할 아무것도 표현하지 않고 있었다. 나는 나 자신이 나를 바라보고 있는 것 같은 야릇한 인상을 받았다. 아마도 그 때문에, 그리고 또 내가 그곳의 관습을 몰랐기 때문에 나는 뒤이어 일어난 모든 일을 잘 이해할 수가 없었던 모양이다. 배심원들의 추첨과 변호사, 검사, 배심원들에 대한 재판장의 질문(질문을 받을 때마다 배심원들의 머리가 일제히 재판장석으로 향했다), 빠른 기소장 낭독— 그 속에서 나는 지명들과 인명들을 알아들을 수 있었다— 그리고 다시 변호사에 대한 질문.

재판장은 증인 호출을 하겠노라고 말했다. 서기는 이름들을 불렀다. 그것이 내 주의를 끌었다. 여태까지 혼잡하던 방청객들 속에서 한 사람씩 일어서서 옆문으로 사라지는 것이 보였다. 양로원 원장, 문지기, 페레 영감, 레몽, 마송, 살라마노, 마리.

마리는 나를 향해 조그맣게 근심스러운 몸짓을 해보였다. 나는 그들이 여태껏 눈에 뜨이지 않았던 것을 이상스럽게 여기고 있었는데 바로 그때, 끝으로 이름이 불려서 셀레스트가 일어섰다. 그의 곁에는 언젠가 레스토랑에서 보았던 키가 자그마한 여자가 그 재킷을 입고 정확하고 결단성 있는 자세로 앉아 있는 것이 보였다. 그녀는 나를 뚫어져라 바라보았다. 그러나 재판장이 또 이야기를 시작하여 나는 생각을 해볼 시간적 여유를 갖지 못했다. 정식 변론이 이제부터 시작될 것이라는 말을 하고 나서 방청객들에게 조용히 해줄 것을 요청할 필요조차 없을 줄로 생각한다고 말했다. 그의 말에 따르면 사건의 변론을 공명정대하게 진행시키는 것이 자기의 직분이며, 자기는 사건을 객관적인 눈으로 보려 한다는 것이었다. 배심원들이 내리는 결정은 정의의 정신에 입각하여 이루어져야 할 것이며, 어쨌든 조그만 사고라도 있으면 방청객들에게 퇴장을 명할 것이라고 말했다.

더위는 점점 심해져서 방청객들이 신문지로 부채질을 하는 것이 보였다. 구겨진 종이 소리가 잇따라 났다. 재판장이 손짓을 하자 서기가 짚으로 엮은 부채 세 개를 가져왔다. 세 사람의 판사가 그것을 곧바로 사용했다.

곧 심문이 시작되었다. 재판장은 나에게 부드럽게, 다정해 보이기까지 하는 어조로 질문을 했다. 다시금 나의 신분에 관한 물음을 받아서 귀찮기는 했으나, 하기는 당연한 일이라고 생각했다. 왜냐하면 어떤 사람을 다른 사람으로 잘못 알고 재판을 한다면 그건 너무나 큰 문제일 것이기 때문이다. 그러더니 재판장이 내가 한 일을 얘기했는데 두서너 마디 하고는 매양, "그렇지요?" 하고 나에게 다짐을 받았다. 그럴 때마다 나는 변호사의 지시에 따라 "네, 그렇습니다" 하고 대답했다. 재판장이 이야기를 매우 세밀히 한 탓에, 시간이 오래 걸렸다. 신문기자들은 그동안 줄곧 받아쓰고 있었다. 그중 나는 젊은 기자의 시선과 그 키가 자그마한 꼭두각시의 시선을 느끼고 있었다. 전차의 좌석에 앉아 있는 것 같은 사람들은 모두 재판장에게로 고개를 돌리고 있었다. 그는 기침을 하고 서류를 뒤지고 나서 부채질을 하며 나에게로 몸을 돌렸다.

재판장은 나에게 이제부터 겉으로는 나의 사건과 아무 관계도 없는 듯 보이지만, 아마 실상은 매우 밀접한 관계가 있으리라고 여겨지는 문제를 심의해야겠다고 말했다. 또 어머니의 이야기를 하려는 것이려니 생각하고 동시에 그것이 나에게는 몹시도 귀찮은 일임을 깨달았다. 왜 어머니를 양로원에 넣었느냐고 재판장이 물었다. 어머니를 모시고 부양할 돈이 없었기 때문이라고 대답했다. 그것이

가슴 아픈 일이었느냐고 묻기에, 어머니도 그렇고 나도 그렇고 우리는 이미 서로 아무것도 기대할 것이 없었고, 또 누구에게도 기대를 하지 않고 있었으며, 우리는 각기 새로운 생활에 익숙해져버렸다고 대답했다. 그러자 재판장은 그 점에 관해서는 더 논의하지 않겠노라고 말한 다음 검사에게 다른 질문이 없느냐고 물었다.

검사는 절반쯤 나에게 등을 돌리고 있었는데, 그는 나를 보지 않고 재판장의 허락을 얻어 내가 아랍인을 죽일 생각으로 혼자서 샘으로 되돌아갔는지 어떤지 알고 싶다고 말했다.

"아닙니다" 하고 나는 대답했다.

"그렇다면 무기는 왜 가지고 있었으며, 그곳으로 돌아간 이유는 무엇이오?"

그것은 우연이었다고 나는 대답했다. 검사는 거친 어조로 말했다. "지금은 그만 하겠습니다."

그러고 나서는 모든 것이 좀 모호했다. 적어도 나에게는 그랬다. 그러나 잠시 의논을 하고 나서 재판장은 폐정을 선언하고 오후에는 증인 심문이 있을 거라고 말했다.

나는 생각을 해볼 겨를도 없었다. 끌려나와서 호송 마차에 실려 형무소로 돌아와 점심을 먹었다. 매우 짧은 시간, 피곤함을 겨우 느낄 만한 시간이 지나자 나는 다시 불려나갔다. 모든 것이 다시 시작되어 나는 같은 방 안에, 같은 얼굴들 앞에 앉게 되었다. 다만 더위가 훨씬 더 심해져서 마치 기적이나 일어난 듯 모든 배심원들, 검사, 변호사, 그리고 몇몇 신문기자들까지도 밀짚 부채를 손에 들고 있었다. 젊은 기자와 자그마한 그 여자도 여전히 거기에 있었다. 그러나 그들은 부채질을 하지 않고 아무 말도 없이 여전히 나를 바라보고 있었다.

나는 얼굴에 흐르는 땀을 닦았다. 그리고 양로원 원장의 이름이 불리는 것을 들었을 때에야 비로소 그곳과 나 자신에 대한 의식을 얼마만큼 회복할 수 있었다. 어머니가 나에 대해 불평하더냐는 질문에 원장은 그렇다고 대답하고, 그러나 근친들에 대한 불평은 재원자들의 일종의 습관이라고 말했다. 어머니가 양로원에 들어온 것에 대하여 나를 비난했었냐고 재판장이 따져 묻자, 원장은 또 그렇다고 대답했다. 그러나 이번에는 아무 설명도 덧붙이지 않았다. 또 다른 질문에 그는 장례식 날 냉정한 나를 보고 놀랐었다고 대답했다. 냉정했다는 것은 어떤 의미인가 하고 판사가 물었다. 원장은 발부리를 내려다보고 나서 내가 어머니를 보려 하지 않았고, 한 번도 눈물을 흘리지 않았으며, 장례식이 끝난 뒤에도 무덤 앞에서 묵도를 하지 않고 곧 물러났다고 말했다. 그를 놀라게 한 일이 또 하나 있었다. 장의사 일꾼 한 사람으로부터 내가 어머니의 나이를 모르더란 말을 들었다는 것이었다. 잠시 침묵이 있은 뒤 재판장은 원장에게 여태까지 한 말이 확실히 나에 관한 것임에 틀림없냐고 물었다. 원장이 그 질문의 뜻을 알아차리지 못한 것으로 안 재판장은 "법률상 그렇게 하는 것입니다" 하고 말했다. 그리고 재판장이 차장 검사에게 증인에 대한 질문이 없느냐고 묻자 검사는 이렇게 외쳤다.

"아, 없습니다. 그것으로 충분합니다."

그 목소리가 하도 억세고, 나를 향한 눈초리가 하도 의기양양해서 나는 여러 해 만에 처음으로 울고 싶은 생각이 들었다. 그 모든 사람들이 나를 얼마나 미워하는지를 느낄 수 있었기 때문이다.

배심원들과 변호사에게 질문이 없는가 묻고 나서, 재판장은 문지기의 공술(供述)을 들었다. 그에게도 다른 모든 증인들과 마찬가지로 같은 격식의 절차가 되풀이되었다. 증인대에 나와 서며 문지기는 나를 바라보고는 눈길을 돌렸다. 그는 질문에 대답했다. 내가 어머니를 보고 싶어 하지 않았다는 것, 담배를 피웠다는 것, 잠을 자고 밀크커피를 마셨다는 것을 말했다. 그때 나는 방청석 전체를 경악시키는 그 무엇을 느끼고 새삼스레 내가 죄인이라는 것을 깨달았다. 재판장은 문지기에게 밀크커피 이야기와 담배 이야기를 한 번 더 시켰다. 차장 검사는 조소의 빛을 띤 눈초리로 나를 바라보았다. 그때 나의 변호사가 문지기에게 그도 나와 함께 담배를 피우지 않았느냐고 물었다. 이 질문을 듣자 검사는 벌떡 일어서며 외쳤다.

"도대체 누가 죄인입니까? 증언의 불리함을 은폐하기 위해 죄과를 증인에게 뒤집어씌우는 것은 언어도단입니다. 어차피 증언이 치명적임에는 변함이 없습니다."

그렇지만 재판장은 질문에 대답하라고 문지기에게 말했다.

"제가 잘못했다는 것은 잘 압니다. 그러나 저분이 권하신 담배를 거절하기가 미안해서 그랬던 겁니다."

영감은 당황한 빛으로 말했다.

끝으로 나에게 덧붙여 할 말이 있느냐고 물었다.

"없습니다. 다만 증인의 말이 옳다는 것을 말씀드립니다. 내가 그에게 담배를 권한 것은 사실입니다" 하고 말했다.

그때 문지기는 약간의 놀라움과 일종의 감사의 뜻을 보이는 눈초리로 나를 바라보았다. 잠시 망설이더니 그는 밀크커피를 권한 것은 자기라고 말했다. 나의 변호사는 기세가 등등하여 배심원들은 그것을 충분히 고려해야 할 것이라고 외쳤다. 그러나 검사는 우리들의 머리 위로 벼락 같은 소리를 질렀다.

"물론 배심원들께서는 그것을 고려하실 겁니다. 그리고 배심원들께서는 아무 관계도 없는 사람이 커피를 권할 수도 있었겠지만, 아들로서 자기를 낳아준 어머니의 시신 앞에서 모름지기 그것을 사양했어야 할 것이라고 결론을 내릴 것임에 틀림없습니다."

문지기는 자기 좌석으로 돌아갔다.

토마 페레의 차례가 되었을 때는, 서기가 그를 증인대까지 부축하지 않으면 안 되었다. 그는 어머니를 특별히 잘 알고 있었고, 장례식 날 나를 한 번 만났을 뿐이었다고 말했다. 그는 그날 내가 무엇을 했는가 하는 질문에 이렇게 대답했다.

"저는 그날 너무 슬퍼서 아무것도 보지를 못했습니다. 가슴 속의 슬픔 때문에 아무것도 눈에 보이지 않았어요. 내게는 매우 슬픈 일이었으니까요. 그래서 기절까지 한 겁니다. 그래서 저분을 보지 못했습니다."

차장 검사는 내가 눈물을 흘리는 것이라도 보았냐고 물었다. 페레는 보지 못했다고 대답했다. 그러자 이번에는 검사가 말했다.

"배심원들께서는 이 점을 고려하시기 바랍니다."

그러나 나의 변호사는 화를 내며 지나쳐 보이리만큼 목청을 돋우어서 페레에게 내가 눈물을 흘리지 않는 것을 보았느냐고 물었다. 페레는 보지 못했다고 대답했다. 방청객들이 웃었다. 나의 변호사는 한쪽 소매를 걷어붙이면서 단호한 어조로 말했다.

"이 사건은 전부가 이 모양입니다. 모든 것이 사실이라지만 사실인 것은 하나도 없습니다."

검사는 무표정한 얼굴로 기록 문서의 제목을 연필로 찌르고 있었다.

오 분 동안 쉬는 휴식 시간 사이에 변호사는 모든 게 잘 되어간다고 말했다. 휴식이 끝나자 피고 측의 요구로 호출된 셀레스트의 공술이 있었다. 나의 처지를 변호하기 위한 것이었다. 셀레스트는 때때로 나에게 시선을 던지며 두 손으로 파나마 모자를 돌렸다. 그는 새옷을 입고 있었는데, 그것은 가끔 일요일 날 나와 함께 경마 구경을 갈 때 입던 옷이었다. 그러나 칼라는 붙일 수가 없었던지 셔츠를 구리 단추로 채웠을 따름이었다. 내가 그의 손님이었느냐는 질문에 그는 "그렇습니다. 하지만 또 친구이기도 했습니다" 하고 말했다.

나를 어떻게 생각하느냐는 물음에 대해선, 나는 사나이라고 그는 대답했다. 사나이란 무슨 뜻이냐고 묻자, 그는 그것이 무슨 뜻인지는 누구나 다 안다고 말했다. 내가 내성적인 성격을 가진 것을 알았느냐는 질문에는, 다만 내가 공연한 말을 하지 않는 성질임을 인정했다. 내가 식비는 어김없이 치렀느냐고 차장 검사가 묻자, 셀레스

110

트는 웃으며 말했다.

"그건 우리 두 사람 사이의 사사로운 일입니다."

다시 나의 범죄를 어떻게 생각하느냐는 질문을 받자, 그는 증인 대 위에 손을 올려놓았다. 할 말을 미리 준비한 것이 틀림없었다.

"제 생각으로는 그건 하나의 불행입니다. 불행이 어떤 것인지는 누구나 다 압니다. 불행이라는 건 어찌할 도리가 없습니다. 제 생각으로는 확실히 그건 하나의 불행입니다."

그는 더 계속하려고 했으나 재판장은 그만하면 됐다고 말하며 수고했다고 했다. 셀레스트는 약간 당황하고 말았다. 그러나 그는 좀 더 이야기를 하고 싶다고 말했다. 재판장은 짧게 이야기를 하도록 요청했다. 셀레스트는 또다시 그것은 하나의 불행이라고 되풀이했다. 그러자 재판장은 말했다.

"네, 잘 알겠습니다. 그러나 우리의 할 일은 그러한 불행을 심판하는 것입니다. 수고하셨습니다."

성의껏 최선을 다했으나 그만 어쩔 수 없었다는 듯이 셀레스트는 나에게로 고개를 돌렸다. 눈은 번쩍이고 입술은 떨리는 것 같았다. 나를 위해 자신이 좀 더 할 수 있는 것은 무엇일까, 나에게 묻고 있는 듯했다. 나는 아무 말도 하지 않고 아무런 몸짓도 하지 않았으나 한 사람의 인간을 껴안고 싶은 마음이 우러난 것은 그때가 생전 처음이었다. 재판장은 증인대로부터 물러가도록 그에게 명령했다. 셀레스트는 법정의 좌석으로 가서 앉았다. 나머지 심문이 끝나도록 그는 우두커니 몸을 앞으로 약간 기울여 무릎에 팔꿈치를 괸 채 파나마 모자를 두 손으로 잡고 모든 얘기에 귀를 기울였다.

　마리가 들어왔다. 모자를 쓰고 있었는데, 여전히 아름다웠다. 그러나 나는 머리카락을 풀어놓았을 때가 더 좋았다. 내가 앉아 있는 곳에서도 그녀의 볼록한 젖가슴의 무게를 엿볼 수 있었다. 아랫입술이 조금 부푼 듯한 것도 여전했다. 매우 신경이 달뜬 것 같았다. 그녀는 언제부터 나를 알고 있었느냐는 질문을 받자, 우리 회사에서 같이 일하던 시기를 말했다. 재판장은 나와의 사이가 어떤 것인지를 알고 싶어 했다. 나의 친구라고 마리는 말했다. 또 다른 질문에 대해 나와 결혼을 하게 되어 있는 것은 사실이라고 대답했다. 서류를 뒤적이던 검사가 갑자기 언제부터 우리들의 관계가 시작되었느냐고 물었다. 마리는 그 날짜를 말했다. 검사는 태연한 기색으로 그것은 어머니의 장례식이 있은 다음날인 것 같다고 지적했다. 그러고는 약간 비웃는 말투로 그 같은 미묘한 사정을 더 캐어묻고 싶지는 않지만, 또 마리의 염려를 모르는 바 아니지만, 그러나(여기서 그의 어조는 무뚝뚝해졌다) 그는 자기의 의무상 부득이 예의를 초월할 수밖에 없다고 말했다. 그러면서 마리에게 나와 관계를 맺게 된 그날 하루의 일을 요약하여 말하라고 했다. 마리는 이야기하고 싶지 않아 했으나 검사의 강권에 못 이겨 해수욕장에 갔던 일, 영화 구경 갔던 일 그리고 둘이서 나의 집으로 돌아온 일을 이야기했다. 차장 검사는 예심에서 마리의 진술을 듣고 그날 영화의 프로그램을 조사해보았다고 말한 다음, 그때 무슨 영화가 상영되고 있었는지 마리 자신의 입으로 말해주기 바란다고 덧붙였다. 과연 마리는 거의 질린 목소리로 그것은 페르낭델이 주연한 영화였다고 말했다. 그녀의 말이 끝나자 장내는 잠잠해졌다. 그러자 검사는 일어서서 심각하게 참으로 감동받은 듯한 목소리로 나에게 손가락질을 하면서 천천히, 또박또박 끊어 말했다.

"배심원 여러분, 이 사람은 어머니가 사망한 바로 그다음 날에 해수욕을 하고 부정한 관계를 맺기 시작하고 희극 영화를 보면서 시시덕거린 것입니다. 저는 더 이상 할 말이 없습니다."

여전한 침묵 가운데서 검사는 말을 맺고 앉았다. 갑자기 마리가 흐느껴 울기 시작했다. 그러면서 그것은 사실이 아니고, 사실인즉 사람들이 억지로 자기가 생각하는 것과는 반대 이야기를 시켰고, 자기는 나를 잘 알고, 나는 아무것도 나쁜 일을 하지 않았다고 말했다. 그러나 재판장이 손짓을 하자 서기가 그녀를 데리고 나갔고 심문은 다시 계속되었다.

마송이 나서서, 나는 얌전한 사람이며 "그뿐만 아니라 성실한 사람"이라고 말했지만 거의 아무도 들어주는 사람이 없었다. 살라마노도 내가 그의 개의 일로 퍽 친절하였다고 말하고, 나와 어머니에 관한 질문에 대하여, 나는 어머니에게 할 말이 아무것도 없었고 그 때문에 내가 어머니를 양로원에 넣은 것이라고 대답했으나, 역시 들어주는 사람이 거의 없었다.

"이해해주셔야 합니다. 이해해주시기 바랍니다" 하고 살라마노는 말했다. 그러나 이해해주는 사람은 하나도 없는 것 같았다. 그도 끌려나갔다.

뒤이어 레몽의 차례가 되었다. 그가 마지막 증인이었다. 레몽은 나에게 슬쩍 손짓을 해보이고 다짜고짜로 나에게는 죄가 없다고 말했다. 그러나 그에게 요구하는 것은 판정이 아니라 사실이라고 재판장은 말했다. 재판장은 그에게 질문을 기다려서 대답을 하라고 주의를 주었다. 그와 피해자와의 관계가 어떠했냐는 질문이 있었다. 레몽은 그 기회를 타서 그가 피해자 누이의 뺨을 때린 다음부터 피해자가 미워하고 있던 것은 자기라고 말했다. 그러나 재판장은 피해자가 나를 미워할 이유가 없었는지를 물었다. 레몽은 내가 바닷가에 같이 있었던 것은 우연의 결과였다고 대답했다. 검사는 그러면 어째서 사건의 발단이 된 그 편지가 나의 손으로 쓰였느냐고 물었다. 레몽은 그것도 우연이었다고 대답했다. 검사는 이 사건에 있어서 이미 여러 번 우연은 진상을 왜곡했노라고 반박했다. 레몽이 그의 정부의 뺨을 때렸을 때 내가 말리지 않은 것도 우연인지, 내가 경찰서에 가서 증인이 되었던 것도 우연인지, 그때의 나의 증언이 순전히 호의적이었던 것도 우연인지 알고 싶다고 했다. 그는 끝으로 직업이 무엇이냐고 레몽에게 물었다. "창고 감독"이라고 레몽이 대답하자, 차장 검사는 배심원들에게 증인이 포주 노릇을 업으로 하고 있다는 것은 누구나 다 아는 사실이라고 말했다. 나는 그의 공범자요, 친구며, 그러므로 나의 사건은 가장 비루한 종류의 음란한 범죄 사건이요, 더욱이 피고는 흉악하기 짝이 없는 파렴치한이라는 것이었다. 레몽이 변명을 하려 했고 변호사도 항의를 하였으나 재판장은 검사의 이야기를 끝마치게 해야 한다고 말했다. 검사는 "저는 더 길게 말하지 않겠습니다"라고 말한 다음 레몽에게 "피고는 당신의 친구였습니까?" 하고 물었다.

"그렇습니다. 나의 친구였습니다" 하고 레몽이 대답했다. 그러자 검사가 나에게도 같은 질문을 하여, 나는 레몽을 바라보았다. 그는 나에게서 눈을 돌리지 않았다.

"그렇습니다" 하고 나는 대답했다.

검사는 그때 배심원들에게로 돌아서며 말했다.

"어머니가 사망한 다음 날 가장 수치스러운 정사에 골몰한 그 사람은 대수롭지도 않은 이유로 무어라 말할 수 없는 치정 사건의 결말을 지으려고 살인을 한 것입니다."

검사는 이야기를 끝맺고 앉았다. 그러자 나의 변호사는 참다 못해 두 팔을 높이 쳐들며 외쳤다. 그 때문에 소매가 흘러내려 풀먹인 셔츠의 주름이 드러나보였다.

"도대체 피고는 어머니를 매장한 것으로 기소된 것입니까, 살인을 한 것으로 기소된 것입니까?"

방청객들이 웃었다.

그러나 검사는 다시 일어서서 법관복을 바로잡고 나서, 존경할 만한 변호인이 순진성을 갖지 않고서는 그 두 가지 사실 사이에 근본적이며 충격적이요 본질적인 관계를 느끼지 않을 수 없는 바라고 언명했다. "그렇습니다" 하고 그는 기운차게 외쳤다. "범죄자의 마음으로 자신의 어머니를 매장하였으므로 나는 이 사람의 유죄를 주장하는 것입니다."

이 논고는 방청객들에게 커다란 효과를 거둔 듯했다. 변호사는 어깨를 으쓱해 보이고 이마에 흐르는 땀을 닦았다. 그러나 그 자신 동요된 빛을 보였고, 사태는 나에게 결단코 유리하지 못하다는 것을 나는 깨달았다.

그러고는 모든 것이 빨리 진행되었다. 심문이 끝나고 재판소에서 나와 차를 타러 가면서 나는 매우 짧은 동안, 여름 저녁의 냄새와 빛을 느꼈다. 어두컴컴한 호송차 속에서 나는 내가 좋아하던 어떤 도회지의 거리며, 이따금 스스로 만족감을 느끼던 어떤 시각의 귀에 익은 소리들을 마치 자신의 피로한 마음 속으로부터 찾아내듯이 하나씩 다시 들을 수 있었다. 이미 고즈넉하게 가라앉은 대기 속으로 들려오는 신문 파는 사람들의 고함 소리, 공원 안의 마지막 새 소리, 샌드위치 장수의 부르짖음, 높은 시가지의 휘어진 길목에서 울리는 전차의 경적 소리 그리고 항구 위로 밤이 내릴 무렵 하늘에 반향하는 어렴풋한 소리 등. 그러한 모든 것이 나에게는 소경이 더듬는 길 같은 것을 이루고 있었다. 그것은 형무소에 들어오기 전에 내가 잘 알고 있던 길이었다. 그렇다. 그것은 이미 오랜 옛날, 내가 스스로 만족감을 느끼던 시각이었다. 그러한 때, 언제나 나를 기다리고 있던 것은 가볍고 꿈도 없는 잠이었다. 그러나 이제는 무엇인가 달라진 것이 있었다. 나는 다시 내일을 기다리며 나의 감방에 도로 들어서게 된 것이었다. 마치 여름 하늘 속에 그려진 낯익은 길들이 죄 없는 잠으로 이끌어갈 수도 있고, 감옥으로 이끌어갈 수도 있는 것처럼.

4

피고석에 앉아서라도 자기 자신에 대한 이야기를 듣는 것은 언제나 흥미있는 일이다. 검사와 변호사 사이에 변론이 벌어지고 있는 동안 사람들은 내 이야기를 많이 했다. 아마 나의 범죄에 대해서보다는 나라는 인간 자체에 관해서 더 많이 이야기했다고 할 수 있을 것이다. 그리고 양쪽의 변론이 그다지 차이가 있었을까? 변호사는 팔을 쳐들고 범죄를 인정하되 변명을 붙였고, 검사는 손가락질을 하며 유죄를 고발하여 변명의 여지를 주지 않았을 따름이다. 그러나 나로서는 좀 난처한 일이 하나 있었다. 나는 스스로의 생각에 정신이 팔려 있었지만 때로는 나도 내 의견을 한마디 이야기하고 싶었다. 그러면 변호사는 "가만 있어요. 그래야 일이 잘 됩니다" 하고 말했다.

이를테면 사건이 나와는 아무런 관계없이 다루어진 셈이었다. 나를 참여시키지도 않고 모든 것이 진행되었다. 나의 의견을 물어보지도 않은 채 나의 운명이 결정되고 있는 것이었다. 때때로 나는 다른 사람들의 이야기를 가로막고 이렇게 말하고 싶었다.

'그렇지만 도대체 누가 피고입니까? 피고라는 것은 중요합니다. 나에게도 할 말이 있습니다.'

그러나 생각을 해보면 할 이야기가 아무것도 없었다. 그리고 사람들에게 관심을 갖는 데서 초래되는 흥미는 오래 계속되지 않는다는 사실을 인정하지 않을 수 없었다. 가령 검사의 변론이 나에게는 따분하게 여겨졌다. 나의 관심을 끌거나 흥미를 일으킨 것은 다만 단편적인 얘기들, 몸짓들, 혹은 전체와는 동떨어진 한 토막의 말, 그러한 것들이었다.

내가 옳게 이해한 것이라면, 검사 생각의 요점은 내가 범죄를 미리 계획했다는 것이었다. 적어도 그는 그것을 증명하려고 했으며, 그 자신은 이렇게 말하고 있었다.

"그것을 증명하겠습니다. 그것을 나는 이중으로 증명할 수 있습니다. 첫째로는 명백한 사실에 비추어서, 둘째로는 이 범죄적 영혼의 음흉한 심리 상태에 비추어서 증명할 수 있는 것입니다."

검사는 어머니가 죽은 뒤의 사실들을 요약하였다. 내가 냉담했다는 것, 어머니의 나이를 몰랐다는 것, 이튿날 여자와 함께 해수욕을 하러 갔다는 것, 페르낭델의 영화를 보러 가고, 끝으로 마리와 함께 집으로 돌아왔다는 것을 지적했다. 그때 나는 그의 말을 이해하는 데에 퍽 시간이 걸렸다. 그가 '정부'란 말을 썼기 때문이다. 그러나 나에게는 마리였을 따름이다. 그리고 검사는 레몽의 이야기를 했다. 사건을 보는 그의 방법은 여간 명석한 것이 아니라고 나는 생각했다. 그의 이야기는 그럴듯했다. 나는 레몽과 합의하여 그의 정부를 꾀어다가 '품행이 좋지 못한' 사나이의 흉악한 손아귀에 넘기려고 편지를 썼다는 것이고, 바닷가에서는 내가 레몽의 적들에게 시비를 걸었다는 것이다. 레몽이 다쳤던 까닭에 내가 레몽에게 권총을 달라고 하여 혼자서 그것을 사용할 생각으로 되돌아갔다는 것이며, 그리하여 계획대로 아랍인을 쏘아 죽였다는 것이다. 그러고는 조금 기다려서 '일이 잘 되었음을 확인하기 위해' 다시 네 발의 탄환을 태연하게, 말하자면 확실하고도 명확한 의식을 가지고 쏘았다는 것이다.

"이상과 마찬가지로" 하고 검사는 말했다. "저는 여러분께 이 사람이 뻔히 알면서 살인을 하게 된 사건의 경위를 말씀드렸습니다. 저는 이 점을 강조합니다. 왜냐하면 이것은 보통의 살인, 정상참작의 여지가 있어 관대하게 보아줄 수도 있는 반사적 행동이 아닙니다. 여러분, 이 사람은 지식도 있습니다. 이 사람의 진술을 여러분도 듣지 않으셨습니까? 그는 대답할 줄도 알고 말의 뜻도 잘 알고 있습니다. 그러므로 자기가 무슨 짓을 하는지 모르고 행동했다고는 할 수 없습니다."

귀를 기울이고 있던 나는 나를 지식 있는 사람이라고 하는 말을 들었다. 그러나 보통 사람이면 누구나 가지고 있는 능력이 어떻게 한 사람의 범인에게는 매우 불리한 조건이 되는 것인지 나는 잘 이해할 수 없었다. 나의 머리를 점령한 그 말 때문에 나는 그 후로는 검사의 말을 귀담아듣지 않았으나, 이윽고 그의 말이 다시 들렸다.

"후회하는 빛을 보이기나 했던가요? 여러분, 조금도 없었습니다. 예심 때에도 피고는 자신의 가증스러운 범행을 뉘우치는 기색이 전혀 없었습니다."

그리고 돌아서서 손가락으로 나를 가리키며 계속해서 통렬한 비난을 퍼부었는데, 사실 나는 그 이유를 잘 알 수가 없었다. 그의 이야기가 옳다는 것을 인정하지 않을 수 없기는 했다. 나는 나의 행동을 그다지 뉘우치고 있지는 않았다. 그렇지만 그렇게 노발대발한다는 것이 나에게는 놀라웠다. 나는 그에게 다정스럽게, 애정을 기울여, 내가 정말로 무엇을 뉘우치는 일은 한 번도 없었다고 설명을 해주고 싶었다. 나는 항상 앞으로 나에게 일어날 일, 오늘의 일 또는 내일의 일에 마음이 쏠려 있었기 때문이다. 그러나 물론 나의 처지로서는 누구에게도 그런 투로 말할 수는 없었다. 나에게는 다정스러운 태도를 취하거나 선의를 가질 권리가 없는 것이었다. 검사가 다시 나의 영혼에 관한 이야기를 시작했으므로 나는 귀를 기울였다.

검사는 나의 영혼을 들여다보았으나 아무것도 찾아볼 수 없었다고 배심원들에게 말했다. 사실 영혼이라는 것이 나에게는 도무지 없고, 인간다운 점도 찾아볼 수 없으며, 인간의 마음을 보전하는 도덕적 원리가 나와는 모두 인연이 멀다는 것이었다.

"아마도" 하고 그는 말을 이었다. "우리는 그것을 비난할 수도 없을 것입니다. 그가 가질 수 없는 것이 그에게 없다는 것을 나무랄 수는 없는 일입니다. 그러나 이 법정에서는 관용이라는 소극적인 덕목은 그보다 더 어렵기는 하지만, 더 높은 정의라는 덕목으로 바뀌어야 합니다. 특히 이 사람에게서 볼 수 있는 것 같은 심리의 공허가 사회 전체를 삼켜버릴 수도 있는 심연이 되는 경우에는 더욱 그러합니다."

그가 어머니에 대한 나의 태도 얘기를 꺼낸 것은 바로 그때였다. 변론 중에 한 말을 그는 다시 되풀이했다. 그러나 그것은 나의 범죄를 이야기했을 때보다도 더 길었다. 너무나 길어서 마침내 나는 그날 아침의 더위 말고는 아무것도 느끼지 못했다. 얼마 지나서 차장검사는 잠시 말을 끊었다가 다시 매우 낮고 자신 있는 목소리로 말했다.

"이 법정은 내일 가장 가증스러운 범죄, 부모를 살해한 범행을 심판하게 될 것입니다."

그의 말에 따르면 이 잔학한 범죄는 상상조차 할 수 없다는 것이었다. 그는 인간 사회의 율법이 엄중한 처단을 내리기를 바란다고 말했다. 그러나 이 범행이 일으키는 전율감은 나의 무감각함에 대하여 느끼는 전율감보다는 차라리 덜하다는 것을 서슴지 않고 말할 수 있다고 지껄였다. 또 그의 말에 따르면 정신적으로 어머니를 죽이는 사람은 아버지를 자기 손으로 죽이는 사람과 마찬가지로 인간 사회로부터 추방되어야 한다는 것이었다. 어쨌든 전자는 후자의 행위를 준비하는 것이며, 말하자면 그러한 행위를 예고하고 승인한다는 것이었다.

"여러분, 저는 확신합니다" 하고 그는 목소리를 높여서 덧붙였다. "이 자리에 앉아 있는 이 사람은, 이 법정이 내일 판결을 내리게 될 살인죄를 범한 것이나 다름없다고 말해도 여러분은 저의 생각이 지나치다고 여기지는 않을 것입니다. 그러므로 이 사람은 형벌을 받아야 마땅할 것입니다."

여기에서 검사는 땀으로 번들거리는 얼굴을 닦았다. 끝으로 그는 자기의 의무는 괴로운 것이지만 단호히 그것을 수행할 것이라고 말했다. 나는 사회의 가장 근본적인 율법을 무시하고 있으므로 사회와는 아무 관계도 없으며, 인간 마음의 가장 기본적인 반응도 모르는 사람이므로 인정에 호소할 수도 없는 것이라고 했다.

"저는 피고에 대하여 사형을 요구합니다. 사형을 요구하면서도 제 마음은 가볍습니다. 왜냐하면 이미 짧지 않은 재직 기간 중 나는 여러 번 사형을 요구한 일이 있었지만, 오늘처럼 이 괴로운 의무가 신성한 지상명령이란 의식과 흉악함 외에는 아무것도 읽어볼 수 없는 한 사람의 얼굴을 앞에 놓고 느끼는 전율감에 의해 되갚음을 받아 마음이 명랑해진 적은 일찍이 없었기 때문입니다."

검사가 자리에 앉자 상당히 오랜 침묵이 흘렀다. 나는 더위와 놀라움으로 어리둥절해졌다. 재판장이 잔기침을 하고 나서 낮은 목소리로 나에게 덧붙여 할 말은 없느냐고 물었다. 나는 이야기가 하고 싶었으므로 일어서서 그저 생각나는 대로 아랍인을 죽일 의도는 없었다고 말했다. 재판장은 그건 하나의 주장이라고 말하고, 아직 나의 변론 내용을 잘 이해할 수 없으니 변호사의 말을 듣기 전에 내가 그러한 행동을 하게 된 동기를 명확히 말해주면 좋겠다고 했다. 나는 빠른 어조로 말을 좀 얼버무리며 나 자신이 우습게 보인다는 사실을 알면서도 그것은 태양 때문이었다고 말했다. 장내에는 웃음이 일었다. 나의 변호사는 어깨를 으쓱해 보였다. 곧 이어 그는 발언권을 얻었으나 시간도 늦고 자기의 진술은 여러 시간을 요할 것이므로 오후로 미루어주면 좋겠다고 말했다. 법정은 이에 동의했다.

오후에도 커다란 선풍기가 여전히 실내의 무더운 공기를 휘젓고, 배심원들의 가지각색의 조그만 부채들은 모두 같은 방향으로 움직이고 있었다. 변호사의 변론은 언제 끝이 날지 모를 지경이었다. 그러나 문득 나는 귀를 기울였다. "제가 사람을 죽인 것은 사실입니다" 하고 그가 말했기 때문이다. 뒤이어 그는 그런 투로 이야기를 하며, 나에 관해서 말할 때마다 '나는'이라고 하는 것이었다. 나는 매우 놀랐다. 나는 간수에게로 몸을 굽혀 그 이유를 물었다. 간수는 가만 있으라고 말하고 조금 있더니, "변호사들은 모두 그렇게 한다"고 덧붙였다. 나로서는 그것 또한 나를 사건으로부터 제쳐놓고, 나를 제로(零)로 만들어버리는 것이고, 이를테면 그가 나의 역할을 대신하는 것이라고 생각했다. 그러나 나의 주의는 벌써 그 법정에서 매우 멀어져 있었던 것 같다. 그리고 나의 변호사는 우스워 보였다. 그는 빠른 어조로 나의 가해 행위를 변호하고 나서, 그도 역시 나의 영혼에 관해 이야기했다. 그러나 검사에 비해 그 솜씨가 훨씬 떨어지는 것 같았다.

"저도 역시 피고의 영혼을 들여다보았습니다만, 탁월하신 검사 각하의 의견과는 반대로 저는 무엇을 발견할 수 있었습니다. 뿐만 아니라 펼친 책을 읽듯 환히 볼 수 있었다고 말할 수 있습니다."

나는 성실한 인물이요, 규칙적이고, 근면하고, 일하고 있던 회사에 충실하였으며, 모든 사람들로부터 호평을 받고, 다른 사람의 불행을 동정하는 사람이었다는 것을 그는 나의 영혼에서 읽었다는 것이었다. 그의 의견에 따르면 나는 힘이 닿는 한 정성껏 오랫동안 어머니를 부양한 모범적인 아들이었다. 나중에는 나의 자력으로는 도저히 드릴 수 없는 안락한 생활을 양로원이 대신 늙은 어머니에게 베풀어줄 수 있으리라고 내가 기대했다는 것이다.

"여러분, 그 양로원에 관하여 이러니저러니 그렇게도 많은 논의가 있었다는 것을 저는 차라리 이상스럽게 생각합니다. 만일 그러한 시설의 유익함과 고귀함의 증거를 제시해야 한다면 국가 자체가 그런 시설을 보조하고 있다는 사실을 말하지 않을 수 없을 것입니다" 하고 그는 덧붙였다.

다만 장례식에 관해서는 아무 말이 없었다. 그것이 그의 결론의 결함이라는 것을 나는 느꼈다. 그러나 그러한 장광설들, 여러 날 동안 나의 영혼에 관해 이야기한 그 한없이 긴 시간 때문에 나는 모든 것이 빛깔 없는 물처럼 되어버려 그 속에서 어지러움을 느끼는 것 같은 인상을 받았다.

마침내 변호사가 이야기를 계속하고 있는 동안에 거리로부터 다른 방들과 법정의 온 공간을 거쳐서 아이스크림 장수의 나팔 소리가 내 귀에까지 울려온 것을 나는 기억하고 있을 따름이다. 나는 이미 나의 것이 아닌 삶, 그러나 거기서 내가 지극히 빈약하나마 집요한 기쁨을 얻었던 삶에 대한 추억에 사로잡혔다. 여름철의 냄새, 내가 좋아하던 거리, 어느 날 저녁의 하늘, 마리의 웃음과 옷차림. 그곳에서 내가 하고 있던 쓸데없는 그 모든 일들에 대한 분노가 목구멍까지 치밀어올라 나는 다만 그것이 어서 끝나고 감방으로 돌아가 잠잘 수 있게 되기만을 바랄 뿐이었다. 나의 변호사가 끝으로, 배심원들은 일시적인 실수로 소행을 그르친 성실한 일꾼을 사형에 처하지는 않을 것이라고 외치고 내가 이미 가장 확실한 처벌로서 영원한 뉘우침의 짐을 끌고 가고 있는 터인 그 범죄에 대하여 정상참작을 요구한다고 말하는 것도 나의 귀에는 거의 들리지 않았다. 법정은 심문을 중지하고 변호사는 피곤한 빛을 보이며 자리에 앉았다. 그러나 그의 동료들이 달려와서 그의 손을 잡았다.

"참 훌륭했어" 하는 말이 들렸고, 그 가운데 한 사람은 나를 보고 맞장구를 쳐달라는 듯 "그렇지요?" 하고 말하기까지 했다. 나는 동의를 했으나 나의 찬사는 충심에서 우러나온 것이 아니었다. 너무나 피곤했던 것이다.

그러는 사이 밖은 해가 기울어 더위가 수그러졌다. 한길에서 들려오는 소리들을 통해 저녁의 부드러움을 짐작할 수 있었다. 우리들은 모두 거기서 기다리고 있었는데 그것은 나 한 사람에 관계되는 일이었다. 나는 다시 한번 장내를 둘러보았다. 모든 것이 첫 날과 똑같은 상태였다. 나는 회색 웃옷을 입은 신문기자 그리고 꼭두각시 같은 여자의 눈길과 마주쳤다. 그제서야 나는 재판 중에 한 번도 눈으로 마리를 찾아보지 않았다는 생각을 하게 됐다. 마리를 잊어버리지는 않았으나 할 일이 너무나 많았던 것이다. 마리는 셀레스트와 레몽 사이에 있었다. 그녀는 '이제야 끝이 났군요' 하는 듯이 나에게 조그맣게 손짓을 했다. 그리고 약간 근심 어린 얼굴에 웃음을 지어 보였다. 그러나 나는 마음이 닫혀 있는 느낌이었고 그녀의 미소에 대답조차 할 수 없었다.

공판이 재개되었다. 매우 빠른 어조로 배심원들에 대한 여러 가지 질문이 낭독되었다. '살인죄'…… '가해 행위'…… '정상참작' 등의 말들이 들렸다. 배심원들이 나가버리자 나는 앞서 기다렸던 방으로 끌려갔다. 변호사가 따라와서 매우 수다스럽게, 여느 때보다도 더욱 자신 있고 다정스러운 태도로 말했다. 모든 일이 잘 될 것이므로 몇 년 동안의 금고 혹은 징역을 치르면 그만일 것이라고 그는 생각하고 있었다. 만약에 판결이 불리할 경우에는 파기할 수도 있느냐고 내가 물었다. 그럴 수는 없다고 그는 대답했다. 배심원측의 반감을 사지 않게 하기 위해서 이 편의 결론적 요구를 말하지 않는다는 것이 그의 전술이었다는 것이다. 그는 그렇게 아무 이유도 없이 판결을 파기하지는 못하는 법이라고 설명했다. 그것은 나에게도 명백한 것으로 생각되어 그의 이론을 수긍할 수밖에 없었다. 따져

보면 그것은 지극히 당연한 일이었다. 그렇지 않으면 그 숱한 서류가 쓸모없는 것이 될 것이다.

"어쨌든 상고할 수는 있습니다. 그러나 결과가 나쁘지는 않으리라고 확신합니다" 하고 변호사는 말했다.

우리들은 매우 오랫동안, 거의 오십 분 가까이나 기다렸다. 시간이 되자 종이 울렸다. "배심원측의 답신을 재판장이 읽습니다. 당신은 판결을 언도할 때에야 들어오게 될 것입니다" 하고 변호사는 말하면서 나를 두고 가버렸다.

문을 여닫는 소리가 들렸다. 사람들이 계단을 뛰어가고 있었는데 멀고 가까움을 분간할 수가 없었다. 그러고는 법정으로부터 나직한 목소리로 무언가를 읽는 소리가 들렸다. 다시금 종이 울리고 피고석 문이 열렸을 때 내게로 밀려온 것은 장내의 침묵 그리고 그 젊은 신문기자가 곁눈질을 하는 것을 보았을 때의 그 야릇한 감각이었다. 나는 마리가 있는 쪽을 보지 못했다. 시간 여유가 없었던 것이다. 왜냐하면 재판장이 이상스러운 말로 피고는 프랑스 국민의 이름으로 광장에서 목이 잘리게 될 거라고 말했기 때문이었다. 그때 나는 모든 사람들의 얼굴 위에 나타난 감정을 이해할 것 같았다. 그것은 분명 어떤 존경의 빛이었다고 생각된다. 간수들은 나에게 유순하였고, 변호사는 나의 손목에 그의 손을 올려놓았다. 나는 아무것도 생각하지 않고 있었다. 그러나 재판장이 나에게 무엇이든지 덧붙여 말할 것이 없느냐고 물었다. "없습니다" 하고 대답했다. 내가 끌려나온 것은 그때였다.

5

　나는 형무소 소속 신부의 면회를 세 번째로 거절했다. 그에게 말할 것도 없고, 이야기하기도 싫어 서둘러서 만나야 할 까닭이 없었다. 지금 나의 관심거리는 메카닉한 것으로부터 벗어나는 것, 불가피한 것으로부터 빠져나갈 길이 있을지를 알아보는 일이다. 내 감방이 바뀌었다. 지금 이 감방에서는 반듯이 누우면 하늘이 내다보인다. 오직 하늘밖엔 보이지 않는다. 하늘에서 낮이 밤으로 옮겨가는 빛깔의 조락을 바라보는 것으로 하루하루가 지나간다. 누워서 머리 밑에 손을 괴고 나는 기다린다. 사형 선고를 받은 사람으로서 그 무자비한 메커니즘으로부터 벗어난 예가, 처형되기 전에 종적을 감추었다든지 경찰의 비상 경계선을 돌파한 예가 있었을까 하고 몇 번이나 자문해보았는지 모른다. 그럴 때마다 사형 집행에 관한 이야기에 그다지 주의를 기울이지 않았던 것이 후회가 되었다. 그러한 문제에는 언제나 관심을 가져야 할 것이다. 어떤 일을 당하게 될지 알 수 없지 않은가? 다른 사람들과 마찬가지로 나도 신문기사를 읽은 일이 있긴 하다. 그러나 특별한 저서들이 확실히 있었을 텐데, 나는 그것들을 들여다보고자 하는 호기심을 한 번도 가져본적이 없었다. 그러한 책들 속에서라면 탈출에 관한 이야기도 찾아볼 수 있었을 것이다. 적어도 한 번쯤은 바퀴가 멎어 그 거스를 수 없는 사전 계획 속에서도 우연과 행운이 한 번쯤은 무슨 변동을 일으킨 적이 있다는 것을 알 수 있었을 것이다! 단 한 번만……. 어느 의미로는 그 한 번만으로 내게는 충분하였으리라고 생각한다. 나머지는 나의 마음으로써 보충할 수 있었을 것이다. 신문들은 흔히 사회에 대한 죄과를 운운한다. 신문에 의하면 그것을 갚아야 한다는 것이다. 그러나 그러한 말은 상상력을 불러일으켜주지 못한다. 중요한 것은 탈출의 가능성, 무자비한 의식 밖으로의 도약, 무한한 희망의 기회를 제공하는 미친 듯한 질주였다. 물론 희망이래야 길모퉁이에서 달리던 도중에 날아오는 총탄에 맞아 쓰러지는 것뿐이었다. 그러나 곰곰이 생각해보면, 그러한 호사를 허락해주는 것은 아무것도 없고, 모두가 나에게는 그것을 금지하고 메카닉한 것이 나를 다시 붙들었다.

아무리 해도 나는 그러한 턱없는 확실성을 받아들일 수가 없었다. 왜냐하면 어쨌든 그 확실성에 근거를 마련해준 재판과 판결의 언도가 내려진 순간부터 어쩔 수 없게 된 그 결말과의 사이에는 어처구니없는 불균형이 있었기 때문이다. 판결문이 다섯 시가 아니라 여덟 시에 낭독되었다는 사실, 그 판결문이 전혀 다를 수도 있었으리라는 사실, 그것이 속옷을 갈아입는 인간들에 의하여 결정되었다는 사실, 그것이 프랑스 국민(혹은 독일 국민, 중국 국민)이란 지극히 모호한 관념에 의거하여 언도되었다는 사실, 그러한 모든 것은 그 같은 결정으로부터 많은 준엄성을 제거하는 것이라고 생각되었다. 그러나 그 선고가 내려진 순간부터 그 결과는 내가 몸뚱이를 비벼대고 있던 그 벽의 존재와 마찬가지로 확실하고 준엄해진다는 사실을 인정하지 않을 수 없었다.

그럴 때 나는 어머니에게서 들은 아버지의 이야기를 회상했다. 나는 아버지를 알지 못했다. 아버지에 관하여 내가 정확히 알고 있는 것은, 오직 어머니가 그때 이야기해준 것밖에는 없었다. 아버지는, 어느 살인범의 사형 집행을 보러 갔었다는 것이다. 그것을 보러 갈 생각만 해도 아버지는 병이 날 지경이었다. 그래도 아버지는 갔고, 돌아오던 길에 아침에 먹은 조반의 일부를 토했다. 그 말을 들었을 때 나는 아버지가 좀 싫어졌었다. 그러나 지금 나는 그것이 지극히 당연한 일이라는 것을 이해할 수 있었다. 사형 집행보다 더 중대한 일은 없으며, 어떤 의미로는 그것이야말로 사람에게는 참으로 유일한 관심거리라는 것을 어째서 나는 알아차리지 못했을까. 만약에 내가 이 감옥에서 나가는 일이 있다면 나는 모든 사형 집행을 빠짐없이 보러 가리라. 그러나 그러한 가능성을 꿈꾸어보는 것은 잘못이었다고 생각한다. 왜냐하면 어느 날 이른 아침 경계선 밖에서, 말하자면 저쪽에서 자유로울 수 있을 자기 자신을 생각할 때, 구경하러 갔다가 토할 수 있을 것을 생각할 때, 억눌렸던 기쁨의 물결이 가슴에 복받쳐 올랐지만 그것은 이치에 어긋나는 일이었기 때문이다. 그러한 가정(假定)에 이끌린다는 것은 잘못이었다. 왜냐하면 그 후로 곧 나는 너무나 추워서 이불을 뒤집어쓰고 몸을 웅크리지 않을 수 없었기 때문이다. 참다 못해 나는 턱을 덜덜 떨었다.

그러나 물론 언제나 이치에 맞는 생각만 할 수는 없다. 가령 법률의 초안을 만들어보는 때도 있었다. 형법체계를 개혁하고 있었던 것이다. 요점은 사형 선고를 받은 자에게 기회를 준다는 것이었다. 천 번에 한 번쯤, 그것이면 여러 가지 일을 해결하기에 충분했다. 그리하여 그것을 마시면 수형자가(나는 수형자라는 말을 생각해냈다) 열 번에 아홉 번만 죽는 그런 화학 약품의 배합을 고안해낼 수도 있을 것이라고 생각했다. 수형자에게 그런 사실을 알려주어야 하는 것이다. 그것이 조건이다. 왜냐하면 곰곰이 냉정하게 일을 생각해보면 단두대의 칼날을 사용할 경우, 그것이 아무런 기회도, 절대로 아무런 기회도 허용하지 않는다는 결함을 나는 인정하지 않을 수 없었던 까닭이다. 결국 어쩔 수 없이 수형자의 죽음은 결정되어버리고 마는 것이다. 그것은 처리가 끝난 일이자 확정적 조치요, 기정 사실이어서 그것을 취소할 여지가 없는 것이다. 만약에 혹시 어쩌다가 목이 잘 베어지지 않는 경우가 있으면 다시 할 뿐이다. 그러므로 기막힌 일은 수형자로서는 기계가 아무 고장 없이 움직여주기만을 바랄 수밖에 없다는 점이다. 그것이 바로 결함이라고 나는 말하는 것이다. 어떤 의미로 그것은 사실이었다. 그러나 또 다른 의미로는 그 훌륭한 조직의 모든 비결이 거기에 있다는 것을 나는 또한 인정하지 않을 수 없었다. 요컨대 수형자는 정신적으로 협력을 하지 않으면 안 된다. 모든 것이 탈없이 진행되는 것이 그에게도 이로운 것이다.

나는 또한 그러한 문제에 관하여 여태까지 정확하지 못한 생각을 가지고 있었다는 것을 인정하지 않을 수 없었다. 오랫동안 나는 — 왜 그랬는지 몰라도 — 기요틴에 걸리자면 단두대로 올라가야만 하고, 그러기 위해서는 계단을 걸어 올라가야 한다고 생각하고 있었다. 그것은 1789년의 대혁명 때문이라고, 다시 말하면 그러한 문제에 관해서 사람들이 가르쳐주고 또 보여주고 한 모든 것들 때문이라고 여겨진다. 그런데 어느 날 아침, 소문이 자자했던 어느 사형 집행이 있었을 때, 신문에 실렸던 사진 한 장이 생각났다. 사실인즉 기계는 땅바닥에 지극히 간단하게 놓여 있었고, 생각했던 것보다는 훨씬 폭이 좁았다. 좀 더 일찍 그런 것을 생각하지 않았다는 것이 이상했다. 그 사진에 나타난 기계는 무엇보다도 정밀한 제품답게 그 규모 있고 번쩍이는 모양이 나의 인상에 깊이 남았었다. 사람이란 알지 못하는 것에 관해서는 과장된 생각을 품는 법이다. 그런데도 실상은 모든 것이 매우 간단하다는 사실을 나는 인정하지 않을 수 없었다. 기계는 그곳을 향하여 걸어가는 사람의 키만 하다. 마치 누

구를 만나러 가듯이 하여 기계와 부닥치게 마련이다. 어떤 의미로
는 그것 또한 기가 막힐 노릇이었다. 단두대로 올라간다면 하늘로
승천을 하는 것이라, 그러한 방향으로 상상력이 달릴 수도 있을 것
이다. 그 점에 있어서도 메카닉한 것이 모든 것을 짓눌러버리는 것
이었다. 그저 좀 부끄러움을 느끼며 대단히 정확하게 목숨이 슬그
머니 끊어지는 것이다.

그 밖에 또 줄곧 나의 머리를 떠나지 않는 것이 두 가지 있었다.
새벽녘과 상고(上告)가 그것이었다. 그러나 나는 스스로 타일러 그
러한 생각을 하지 않으려고 애썼다. 누워서 하늘을 바라보며 거기
에 정신이 쏠리게 하려고 했다. 하늘은 초록빛으로 변했다. 저녁이
었다. 나는 생각의 방향을 돌리려고 더욱 애썼다. 심장이 뛰는 소
리를 듣고 있었다. 그렇게도 오래전부터 나를 따라다니던 그 소리
가 멎어버릴 수 있으리라고는 도저히 상상할 수 없었다. 나는 진정
한 상상력을 가져본 적이 없다. 그래도 이 심장의 고동이 나의 머리
에 울리지 않게 될 그 순간을 생각해보려고 애썼다. 그러나 헛수고
였다. 새벽녘 또는 상고라는 것이 있었기 때문이다. 나는 마침내 내
마음을 억제하려 들지 않는 것이 가장 현명한 일이라고 생각하기에
이르렀다.

그들이 새벽녘에 온다는 것, 그것을 나는 알고 있었다. 결국 나는
밤마다 그 새벽을 기다리며 지낸 셈이다. 나는 언제나 갑자기 놀라
는 것을 싫어했다. 무슨 일이든 생길 때면 마음의 준비를 하고 싶은
것이다. 이러한 까닭으로 나는 마침내 낮에 좀 자두었다가 밤에는

끝끝내 새벽빛이 천장 유리창 위에 훤히 밝아오기를 기다리게끔 되었다. 가장 괴로운 것은 그들이 보통 그 일을 하러 오는 때라고 알고 있던 그 분간하기 어려운 시간이었다. 자정이 지나면 나는 기다리며 지켜보고 있었다. 나의 귀가 그처럼 많은 소리, 그렇게도 조그만 소리를 들어본 적은 일찍이 없었다. 그리고 그동안 발소리는 한 번도 들리지 않았으니 어지간히 운수가 좋았다고 할 수 있을 것이다. 사람이란 아주 불행하게 되는 법은 없는 거라고 어머니는 종종 말씀하셨다. 하늘이 빛을 띠며 새로운 하루가 나의 감방으로 새어들 때 나는 어머니의 말이 옳다고 생각했다. 왜냐하면 발걸음 소리가 들려와서 내 심장이 터지고 말았을 수도 있었을 것이기 때문이다. 바스락 소리만 나도 문으로 달려가서 판자에 귀를 대고 얼빠진 듯이 기다리노라면 나중에는 나 자신의 숨소리가 들려왔는데, 거칠기가 마치 허덕이는 개의 숨결과도 같아서 깜짝 놀라는 일은 있었을 지언정, 결국 나의 심장은 터지지 않았고 다시 한번 나는 스물네 시간을 벌었다.

낮에는 언제나 상고라는 것을 생각했다. 나는 이 상고에 대한 생각을 가장 적절하게 이용하였다고 믿는다. 효과를 면밀히 따져서 나의 생각으로부터 최대의 능률을 얻도록 한 것이다. 나는 늘 최악의 경우를 가정하곤 했다. 상고 기각이 그것이었다.

'그래 나는 죽을 수밖에 없는 거다.' 다른 사람들보다 먼저 죽는 것은 사실이겠지만 그러나 인생이 살 만한 가치가 없다는 것은 누구나 알고 있다. 결국 서른 살에 죽든지 예순 살에 죽든지 별로 다름이 없다는 것을 나도 모르는 바 아니었다. 그 어떤 경우든지 그 후에 다른 남자들, 다른 여자들이 살아갈 것은 마찬가지요, 그리고 여러 천 년 동안 그럴 것이니까 말이다. 요컨대 그것은 지극히 명백한 일이니까 말이다. 지금이건 십 년 후건 내가 죽을 것임엔 다름이 없었다. 그때 그러한 나의 이론에서 좀 거북스러운 것은 앞으로 올 이십 년의 생활을 생각할 때 나의 마음속에 느껴지는 무서운 용솟음이었다. 그러나 이십 년 후에 어차피 그러한 지경에 이르렀을 적에 내가 가지게 될 생각을 상상함으로써 그것도 눌러버리면 그만이었다. 죽는 바에야 어떻게 죽든, 언제 죽든, 그런 건 문제가 아니다. 그것은 명백한 일이었다. 그러므로(그리고 어려운 일은 이 '그러므로'라는 말이 표현하는 모든 추론을 잊어버리지 않도록 하는 일이었다), 나는 내 상고의 기각을 승인할 수밖에 없었다.

그때야, 그때서야 비로소 나는 둘째 가정을 생각해볼 권리를 가질 수 있어서, 말하자면 나 자신에게 그것을 허용하는 것이었다. 그 제2의 가정은 무죄 석방이었다. 거북스러운 것은 턱없는 기쁨으로 눈을 찌르는 그 피와 육신의 복받침을 진정시키지 않으면 안 되는 일이다. 그 부르짖음을 억누르고 타일러야만 했다. 첫 번째 가정에서의 나의 단념을 더욱 적절하게 만들기 위해서는 이 두 번째 가정에서도 태연스러워야만 했다. 그럴 수 있을 때는 한 시간쯤 가라앉은 마음을 가질 수 있었다. 그만하면 어쨌든 다행한 일이었다.

그러할 즈음, 또다시 소속 신부의 면회를 거절했다. 나는 누워서 하늘이 황금빛으로 물드는 것을 보며 여름 저녁이 가까워옴을 알고 있었다. 바로 상고를 기각하고 난 터여서 혈액의 파동이 규칙적으로 나의 몸 속을 순환하고 있음을 느낄 수 있었다. 나로 말하자면 구태여 신부를 만날 필요가 없었다. 오랜만에 마리를 생각했다. 퍽 오래전부터 마리로부터 편지가 없었다. 그날 저녁 나는 곰곰이 생각한 끝에 아마 사형 선고를 받은 사람의 연인 놀음에 그만 지쳐버린 것이리라고 결론을 지었다. 어쩌면 탈이 났거나 죽었을지도 모른다는 생각도 들었다. 그것은 당연한 일이었다. 서로 떨어져 있는 우리들의 두 육체 외에는 이제 우리들을 결부시키고 서로 생각하게 하는 것은 아무것도 없었으니, 어찌 내가 그러한 사정을 알 수 있었겠는가! 그렇다면 그때부터 이미 마리의 추억은 나에게는 아무런 관계도 없을 것이었다. 죽었다면 마리에게 나는 아무런 관심도 갖지 않을 것이다. 그것은 당연한 일이라고 생각되었다. 그와 마찬가지로 내가 죽은 뒤에는 사람들이 나를 잊어버릴 거라는 사실도 잘 알고 있었다. 죽고 나면 사람들은 나와 아무 상관이 없어지는 것이다. 그런 일은 생각하기 괴로운 것이라고 할 수도 없었다. 사람이란 결국 무슨 생각에든지 나중에는 익숙해지고 마는 법이다.

신부가 들어온 것은 바로 그때였다. 그를 보자 나는 몸을 약간 떨었다. 교부는 그것을 보고 겁내지 말라고 했다. 보통은 다른 시각에 왔다고 말했더니, 그는 이번 면회는 순전히 친구로서 온 것이어서 나의 상고와는 아무 관계도 없으며 상고에 관해서 자기는 아무것도 모른다고 대답했다. 내 침상 위에 앉아서 나더러 가까이 오라고 권했지만 나는 거절해버렸다. 그러나 그는 매우 다정스러워 보였다.

잠시 동안 그는 앉아서 두 손을 무릎 위에다 올려놓고 머리를 숙여 자기 손을 바라보고 있었다. 그 손은 가냘팠는데, 힘줄이 드러나 보였으며 두 마리의 민첩한 짐승을 연상케 했다. 신부는 천천히 그 두 손을 비볐다. 그러고는 여전히 머리를 숙이고 우두커니 앉아 있었다. 하도 오랫동안 그대로 있어서 나는 잠시 그를 잊어버린 것 같은 느낌이 들었다.

　　갑자기 그는 머리를 쳐들어 나를 빤히 바라보았다.

　　"왜 나의 면회를 거절하십니까?" 하고 그는 말했다.

　　나는 하느님을 믿지 않는다고 대답했다. 그 점에 대하여 확신을 가질 수 있느냐고 묻기에 그러한 것을 자문해 볼 필요는 없다고 말했다. 그런 것은 나에게 아무런 중요성도 없는 문제라고 생각되었기 때문이다. 그러자 그는 몸을 뒤로 젖히고 손을 펼쳐 넓적다리 위에 대고 벽에 등을 기댔다. 그는 나에게 이야기를 한다는 빛을 거의 보이지 않으면서, 사람들은 자기 자신은 확신을 가진다고 생각하지만 사실은 그렇지 못할 때가 있다고 설명했다. 나는 아무 말도 하지 않았다. 그는 나를 쳐다보며 물었다.

　　"어떻게 생각하십니까?"

　　그럴 수도 있을 것이라고 나는 대답했다. 어쨌든 정말로 내가 무엇에 관심이 있는지에 대해서는 확신을 가질 수 없을지도 모르겠으나, 무엇에 관심이 없는지에 대해서는 명백히 확신을 가질 수 있다고 말했다. 그리고 그가 이야기하는 것은 바로 내가 관심이 없는 일이었다.

그는 눈을 돌렸으나 여전히 그 자세는 고치지 않은 채, 절망한 나머지 그런 말을 하는 것이 아니냐고 물었다. 나는 절망한 것이 아니라고 설명했다. 다만 나는 두려울 뿐이고, 그것은 당연한 일이었다.

　"그렇다면 하느님이 도와주실 것입니다" 하고 그는 지적했다. "당신과 같은 경우에 처했던 사람으로서 내가 안 사람들은 모두 하느님께로 돌아갔습니다."

　그것은 그들의 권리라고 나는 인정하였다. 그것은 또한 그들이 그럴 만한 시간적 여유를 가졌다는 사실을 증명하고 있었다. 그런데 나로 말하면 도움을 받기가 싫었고, 또 관심도 없는 것에 신경을 쓸 시간이 없었던 것이다.

　그때 그의 손은 화가 난 듯한 시늉을 하였으나 곧 그는 몸을 세우고 옷주름을 바로잡았다. 그러고 나서 나를 '친구'라고 부르며 말을 걸었다. 그가 나에게 그렇게 말하는 것은 내가 사형 선고를 받았기 때문이 아니라고 했다. 그의 의견에 따르면 우리들은 모두 사형 선고를 받고 있다는 것이었다. 그러나 나는 그의 이야기를 가로막고 그건 경우가 다르며, 또 그것은 어쨌든 위안이 될 수는 없는 일이라고 말했다.

　"그야 그렇지요" 하고 그는 동의했다. "그렇지만 당신은 당장 죽지 않는다 하더라도 장차는 죽을 것입니다. 그때도 같은 문제가 생길 것이오. 그 무서운 시련을 당신은 어떻게 맞을 것입니까?"

　나는 그 시련을 내가 지금 맞고 있는 것과 꼭 마찬가지로 맞을 것이라고 대답했다. 그 말을 듣자 그는 일어서서 내 눈을 바라보았다.

그것은 내가 잘 알고 있는 놀이였다. 나는 흔히 에마뉘엘이나 셀레스트와 그 놀이를 하곤 했는데, 대개는 그들이 눈을 돌려버렸다. 신부도 그 놀이를 알고 있다는 것을 나는 곧 눈치챘다. 그의 눈길은 조금도 떨리지 않았다. 그리고 그가 "당신은 그럼 아무 희망도 없고, 죽으면 완전히 없어져버린다는 생각을 가지고 살고 있습니까?" 하고 말했을 때에도 그의 목소리는 떨리지 않았다.

"그렇습니다" 하고 나는 대답했다.

그러자 그는 머리를 숙이고 다시 걸터앉았다. 나를 불쌍히 여긴다고 그는 말했다. 그것은 인간으로서 도저히 견딜 수 없는 일이라고 생각한다는 것이었다. 나는 그만 그가 귀찮게 느껴졌다. 이번에는 내가 돌아서서 천장에 달린 창 밑으로 갔다. 나는 어깨를 벽에 기대었다. 귀담아듣지는 않았으나 그가 또다시 나에게 뭐라고 묻는 것이 들려왔다. 그는 불안스럽고 간곡한 목소리로 이야기하고 있었다. 그가 흥분해 있음을 깨닫고 나는 좀 더 귀를 기울였다.

그는 그의 신념을 피력하며, 나의 상고는 수락될 것이지만 그러나 나는 죄의 짐을 지고 있으므로 그것을 벗어버려야 한다고 말했다. 인간의 심판은 아무것도 아니고 하느님의 심판이 전부라는 것이었다. 나에게 사형을 선고한 것은 인간의 심판이라고 지적했더니, 그렇지만 그것으로는 나의 죄가 씻긴 것이 아니라고 그는 대답했다. 죄가 무엇인지 나는 모른다고 말했다. 내가 죄인이라는 것을 사람들이 나에게 가르쳐주었을 뿐이다. 나는 죄인으로서 죄의 대가를 치르는 것이니, 그 이상 더 나에게 요구할 수는 없을 것이라고 했다. 그러자 신부는 다시 일어섰다. 워낙 좁은 감방이라 그가 움직이려고 해도 선택의 여지는 없을 것이라고 나는 생각했다. 앉아 있든지 일어서든지 할 수밖에 없는 것이었다.

나는 땅바닥을 내려다보고 있었다. 그는 한걸음 나에게로 다가서더니, 더 앞으로 나설 용기가 없는 듯이 멈춰 섰다. 그리고는 창살 너머로 하늘을 바라다보았다.

"당신의 생각은 잘못이오" 하고 그는 말했다.

"당신에게 그 이상 더 요구할 수가 있어요. 요구하게 될 것입니다."

"무엇을 요구한단 말입니까?"

"보기를 요구할 것이오."

"뭘 봐요?"

신부는 주위를 둘러보고 갑자기 지친 듯한 목소리로 대답했다.

"이 모든 돌들엔 괴로움이 배어 있습니다. 나는 그것을 압니다. 나는 고뇌 없이 이것들을 바라본 적이 없습니다. 그러나 나는 마음속 깊이, 당신들 중의 가장 비참한 사람일지라도 이 돌들의 어둠으로부터 성스러운 얼굴이 나타나는 것을 보았다는 사실을 알고 있습니다. 당신에게 보기를 요구하는 것은 그 얼굴입니다."

나는 좀 흥분했다. 여러 달 전부터 나는 그 벽을 들여다보고 있다고 말했다. 이 세상에서 내가 그보다 더 잘 아는 것은 아무것도, 아무도 없었다. 오래전부터 나는 거기에서 하나의 얼굴을 찾아보려 했었다. 그러나 그 얼굴은 태양의 빛깔과 정욕의 불길을 가졌을 뿐이었다. 그것은 마리의 얼굴이었던 것이다. 나는 그것을 찾으려 했으나 헛된 일이었다. 이제는 그것도 지나간 일이었다. 어쨌든 나는 그 축축한 돌에서 아무것도 솟아나는 것을 보지 못했다고 말했다.

신부는 슬픈 눈으로 나를 쳐다보았다. 이제 나는 벽에 등을 완전히 기대고 있었으므로 빛이 나의 이마 위로 흘렀다. 그는 무어라고 몇 마디 했으나 나는 듣지 못했다. 그러더니 그는 매우 빠른 어조로 나를 껴안는 것을 허락해주겠냐고 물었다.

"싫습니다" 하고 나는 대답했다.

그는 돌아서서 벽으로 걸어가 천천히 그 위에 손을 대고 가느다랗게 말했다.

"그래, 그렇게도 이 땅을 사랑하십니까?"

나는 아무 대답도 하지 않았다.

그는 퍽 오랫동안 돌아서 있었다. 그가 방 안에 있는 것이 언짢고 성가셨다. 그에게 혼자 있고 싶으니 가달라고 말하려는 참에, 그는 다시 나에게로 돌아서면서 갑자기 요란스럽게 외쳤다.

"정말로 나는 믿을 수가 없습니다. 당신도 다른 생애를 바란 적이 있으리라고 확신합니다."

물론이다. 그러나 그것은 부자가 된다든가, 헤엄을 빨리 칠 수 있게 된다든가, 더 잘생긴 입을 가지게 되는 것을 바라는 것이나 별로 다를 게 없다고 나는 대답했다. 그것도 그와 같은 종류의 일인 것이다. 그러나 그가 나의 말을 가로막고 내세라는 것을 어떻게 보느냐고 묻기에 나는 "지금의 이 생애를 회상할 수 있는 그러한 생애"라고 외치고, 곧 이어서 이제 그런 이야기는 더 듣고 싶지 않다고 말했다. 그는 또 하느님 이야기를 하려고 했으나 나는 그에게로 다가서며 나에게는 남은 시간이 조금밖에 없다는 것을 마지막으로 한 번 더 설명하려 했다. 그는 화제를 바꾸려고 왜 자기를 몽 페르*라고 부르지 않고 무슈**라고 부르는지 물었다. 나는 화가 나서 당신은 나의 아버지가 아니요, 다른 사람들과 한편이라고 대답했다.

"아닙니다, 나의 아들이여" 하고 나의 어깨 위에 손을 올려놓고 그가 말했다. "나는 당신과 함께 있습니다. 그러나 당신의 마음이 어두워서 그것을 모르는 것입니다. 당신을 위해서 기도하겠습니다."

그때 왜 그랬는지 몰라도 나의 마음속에서 그 무엇인가가 터져버리고 말았다. 나는 목이 터져라 외치며 그에게 욕설을 퍼붓고 기도는 그만두라고 말한 다음, 그저 물거품처럼 사라지기보다는 차라리 불에 타버리는 편이 낫다고 말했다. 나는 그의 신부복 깃을 움켜잡았다. 기쁨과 분노가 뒤섞여 솟구쳐오르는 것을 느끼며 마음속을 송두리째 그에게 쏟아버렸다. 너는 어지간히도 자신만만한 태도다. 그렇지 않고 뭐냐? 그러나 너의 신념이란 건 모두 여자의 머리카락 한 올 만한 가치도 없어. 너는 죽은 사람처럼 살고 있으니 살아 있다는 것에 대한 확실한 자각조차 없지 않느냐? 나는 보기에는 맨주먹 같을지 모르나, 나에게는 확신이 있어. 나 자신에 대한, 모든 것에 대한 확신. 그것은 너보다 더 강하다. 나의 인생과 닥쳐올 이 죽음에

---

*   나의 아버지, 신부님.
**   남성에 대한 형식적인 존칭.

대한 명확한 인식이 내게는 있어. 그렇다. 내게는 이것밖에 없다. 그러나 적어도 나는 이 진리를 그것이 나를 붙들고 놓지 않는 것과 마찬가지로 굳게 붙들고 있다. 내 생각은 옳았고 지금도 옳고 언제나 또 옳으리라. 나는 이렇게 살았으나, 또 다르게 살 수도 있었을 것이다. 나는 이런 것을 하고 저런 것을 하지 않았다. 어떤 일은 하지 않았지만 이러저러한 다른 일은 했다. 그래 어떻단 말인가? 나는 마치 저 순간, 나의 정당함이 인정될 저 새벽을 여태껏 기다리며 살아온 것만 같다. 아무것도 중요한 것은 없다. 나는 그 까닭을 알고 있다. 너도 그 까닭을 알고 있는 것이다. 내가 살아온 이 부조리한 생애에선 미래의 구렁 속으로부터 항시 한 줄기 어두운 바람이 아직도 오지 않은 세월을 거쳐서 내게로 불어 올라오고 있다. 내가 살고 있는, 더 실감 난달 것도 없는 세월 속에서 나에게 주어지는 것은 모두 다 그 바람이 불고 지나가면서 서로 아무 차이도 없는 것으로 만들어 버리는 것이다. 다른 사람들의 죽음, 어머니의 사랑, 그런 것이 무슨 의미가 있단 말인가! 너의 그 하느님, 사람들이 선택하는 생활, 사람들이 선택하는 숙명, 그런 것이 무슨 의미가 있단 말인가! 단지 하나의 숙명이 나 자신을 사로잡고, 나와 더불어 너처럼 나의 형제라고 하는 수많은 특권을 가진 사람들을 사로잡는 것이 아니냐! 누구나 다 특권을 가지고 있다. 특권을 가진 사람들밖에는 없는 것이다. 장차 다른 사람들도 또한 사형을 받을 것이다. 살인범으로 고발되어 내가 어머니의 장례식 때 눈물을 흘리지 않았다고 해서 사형을 받는다고 한들 그것이 무슨 의미가 있단 말인가! 살라마노의 개나 그의 마누라나 그 가치를 따지면 매한가지다. 꼭두각시 같은 그 자그마한 여자도 마송과 결혼한 그 파리 여자나 마찬가지로, 또 나와 결혼하고 싶어하던 마리나 마찬가지로 죄인인 것이다. 셀레스트는 그 성품이 레몽보다 낫지만 셀레스트와 마찬가지로 레몽도 나의 친구라고 한들 그것이 무슨 의미가 있단 말인가! 마리가 오늘 또 다른 한 사람의 뫼르소에게 입술을 내바치고 있다 한들 그것이 어떻다는 말인가! 이 사형수야! 너는 도대체 알기나 하느냐? 미래의 구렁 속으로부터……. 그 모든 것을 외쳐대며 나는 숨이 막혔다. 이미 신부를 나의 손으로부터 떼어놓은 간수들이 나를 흘겨보고 있었다. 그러나 신부는 그들을 진정시키고 잠시 묵묵히 나를 바라보았다. 그의 눈에는 눈물이 가득히 괴어 있었다. 그는 마침내 돌아서서 가버렸다.

신부가 나가버린 뒤에 마음이 다시 가라앉았다. 나는 기운이 없어 침상 위에 몸을 던졌다. 그러고는 잠이 들었던 모양이다. 왜냐하면 눈을 뜨자 별들이 보였기 때문이다. 들판의 소리들이 나에게까지 들려왔다. 밤 냄새, 흙 냄새, 소금 냄새가 관자놀이를 시원하게 해주었다. 잠든 여름의 그 희한한 평화가 조수처럼 내 속으로 흘러들었다. 그때 밤의 저 끝에서 사이렌이 울렸다. 그것은 이제 나에게는 영원히 관계없는 세계로의 출발을 알리고 있는 것이었다. 참으로 오랜만에 어머니를 생각했다. 만년에 왜 어머니가 '약혼자'를 가졌었는지, 왜 생애를 다시 꾸며보려 했는지 알 수 있을 듯했다. 그곳, 생명들이 꺼져가는 그 양로원 주변에서도 저녁은 서글픈 휴식 시간 같았을 것이다. 그처럼 죽음 가까이서 어머니는 해방감을 느

144

끼며, 모든 것을 다시 살아볼 마음이 생겼을 것임에 틀림없다. 어느 누구도 어머니의 죽음을 슬퍼할 권리는 없는 것이다. 그리고 나 또한 모든 것을 다시 살아볼 수 있으리라는 생각이 들었다. 마치 그 커다란 분노가 나의 괴로움을 씻어주고 희망을 안겨주기라도 한 듯 신호들과 별들이 가득 찬 밤하늘을 앞에 두고, 나는 처음으로 세계의 정다운 무관심에 마음을 열고 있었던 것이다. 그처럼 세계가 나와 다름없고 형제 같음을 느끼며, 나는 행복했고, 지금도 행복하다고 생각했다. 모든 것이 완성되도록 하기 위해서, 내가 외롭지 않다는 것을 느끼기 위해서 이제 내게 남은 소원은, 다만 내가 사형 집행을 받는 날 많은 구경꾼들이 증오의 함성으로 나를 맞아주었으면 하는 것뿐이다.

배교자

Le Renégat

뒤범벅이구나, 뒤범벅이야! 머릿속을 정돈해야겠다. 그놈들이 내 혀를 잘라버린 다음부터 딴 혀가, 웬일인지 내 두개골 속에서 쉬지 않고 움직이고 있다. 무엇인가가, 누군가가 말을 하다가 갑자기 멈추고, 다시 모든 것이 시작된다. 오, 내가 하지도 않은 말들이 들린다. 이 무슨 뒤범벅이냐! 내가 입을 열어도 그것은 자갈들이 부딪히는 소리와 마찬가지다. 혀는 질서 있는 것, 질서를! 하고 말한다. 혀는 동시에 딴 말을 한다. 그렇다. 나는 항상 질서를 원했다. 한 가지만은 적어도 확실한 게, 나는 나 대신 올 선교사를 기다리고 있다. 나는 타가사에서 한 시간쯤 걸리는 길목에서 바위 틈 속에 숨어, 낡은 총대 위에 앉아 있다. 황무지에 날이 밝는다. 아직 몹시 춥다. 좀 있으면 너무 더워질 것이다. 이 땅은 사람을 미치게 만든다. 나는 혜

아릴 수도 없을 만큼 오랜 세월 동안…… 아니다, 좀 더 참아야지! 선교사는 오늘 아침이나 저녁에 도착할 것이다. 안내자하고 같이 올 거라는 말을 들었다. 둘이서 한 마리의 낙타를 타고 올지도 모른다. 난 기다리겠다. 난 기다린다. 몸이 떨리는 건 다만 그놈의 추위 때문이다. 좀 더 참자, 이 더러운 노예 새끼야!

　이제껏 참아온 것만 해도 정말 오래되었다. 중앙 고지의 그 높은 언덕 내 집에 있었을 때, 오! 나는 떠나고 싶었다. 교양 없는 아버지, 거친 어머니, 포도주, 매일 똑같은 돼지비계 수프, 특히 시고 찬 포도주, 그리고 오랜 겨울, 얼음처럼 찬 바람, 눈보라, 지긋지긋한 고사리잎들……. 당장에 그런 것들을 떠나고 싶었고, 태양 속에서 맑은 물을 마시며 살고 싶었다. 나는 신부를 믿었다. 그는 신학교 이야기를 해주었고, 매일 나를 돌봐주었다. 마을을 걸을 때는 벽에 바싹 붙어 다녀야 하는 개신교 고장이고 보니 신부는 한가했다. 그는 나에게 장래와 태양에 관해 이야기를 해주었다. 가톨릭, 그것은 태양이라고 그는 말했다. 그리고 그는 나에게 독서를 시켰고, 나의 둔한 머리에 라틴어를 주입시켰다. "영리하지만 당나귀같이 질긴 녀석이야." 신부는 그렇게 말했다. 사실 내 대가리는 어찌나 딱딱한지 일생 동안의 허다한 실패에도 불구하고, 내 대가리에서 피가 흘러 본 적이 없다. "소 대가리"라고, 돼지 같은 아버지는 말하곤 했다. 신학교에 들어가자 그들은 온통 신이 나서 야단이었다. 개신교 고장의 신입생이라는 것이 그들로서는 하나의 승리였던 것이다. 그들은 마치 아우스터리츠의 태양*을 맞이하듯 나를 대했다. 사실 태양치고는 알코올 때문에 이지러진 태양이었다. 거기 사람들은 포도주를 마셨고, 그들의 자식들은 충치투성이였다. 제 아비를 죽여버려야겠지만, 시어빠진 술이 위장에 구멍을 뚫어놓아, 사실 아비는 오래전부터 죽은 거나 마찬가지니, 그가 선교 단체에 들어갈 위험은 없다. 그러니까 선교사만 죽여버리면 된다.

나는 선교사와 그의 스승들, 나를 속인 나의 스승들과 이 더러운 유럽과 결판을 내야겠다. 모든 사람이 나를 속였기 때문이다. 놈들은 입을 열기만 하면 전도(傳道)란 말을 뇌까렸다. 미개인에게 가서 얘기하라는 거다. "여기 계신 나의 주님을 보라. 주님은 때리지도 않고 죽이지도 않는다. 주님은 부드러운 목소리로 명령하신다. 주님은 다른 쪽 뺨마저 내미신다. 나의 주님이야말로 신들 중에서 가장 거룩한 신이다. 주님을 택하라. 주님이 나를 얼마나 훌륭하게 만들었는지를 보라. 나를 모욕하라. 그대들은 주님의 증거를 보리라." 그렇다. 나는 믿었고, 제법 훌륭해진 것 같았다. 나는 살도 찌고 꽤 볼품도 좋아졌다. 나는 모욕받기를 은근히 바랐다. 여름에 그르노블의 태양 아래서 시커먼 제복을 걸치고 바싹 줄을 지어 걸으며 경쾌한 옷차림을 한 계집애들 곁을 지나갈 때면, 나는 눈으로 거들떠보지도 않았고, 그네들을 멸시하며, 그네들이 나를 모욕하기를 기다렸는데, 그네들은 가끔 웃는 것이었다. 그때 나는 생각했다. '저것

---

*   1805년 나폴레옹이 승리를 거둔 아우스터리츠 전투에서 나온 말. 프랑스 군이 공격할 때 '아우스터리츠의 태양'이 안개를 없애버려 승리를 이끌었다고 한다.

들이 나를 때렸으면, 얼굴에 가래를 뱉었으면……' 그러나 그들의 웃음소리는 정말 나의 마음을 갈래갈래 찢는 꼬챙이와 이빨 같았다. 그 얼마나 부드럽고 달콤한 모욕이며 고통이었던가! 교장은 나의 악담을 이해하지 못하고 이렇게 말하곤 했다. "아니야. 그대에게는 좋은 점이 있어." 좋은 점이 있다! 내 속에는 그저 시큼한 포도주가 있을 뿐이다. 하지만 다행이었다. 나쁘지 않다면 어떻게 더 나아질 수 있단 말이냐. 나는 그들이 가르쳐준 것들 중에서 그것을 깨달았다. 나는 그것밖에는 깨닫지 못했다. 단 한 가지의 생각을 지닌 영리한 당나귀였던 나는 끝까지 해보려 하고 있었다. 나는 미처 저지르지도 않은 죄를 회개할 작정이었고 평범한 것으로는 성에 차질 않았다. 결국 나도 본보기가 되기를 원했던 것이다. 사람들이 나를 보고, 나를 봄으로써 나를 훌륭하게 만들어준 분을 찬양하게 하기 위해서였다. 나를 통해서 나의 신에게 경의를 표하라.

거친 태양! 태양이 뜬다. 사막의 모습이 변한다. 산에서 피는 시클라멘의 빛깔이 사라진다. 오, 내 산, 그리고 눈. 보송보송하고 부드러운 눈. 아니다, 회색이 도는 누런 빛깔이다. 혹독한 현혹 이전의 그 시간. 아무것도, 지평선에 이르기까지 아무것도 볼 수 없다. 내 앞, 고원이 아직 부드러운 빛깔의 곡선을 그리며 사라지는 거기엔 아무것도 안 보인다. 내 뒤에는 도로가 모래언덕까지 뻗어 있다. 그 거센 이름이 수년 전부터 나의 머릿속에서 고동치고 있는 타가사는 이 모래언덕에 가려져 있다. 그것을 내게 말해준 최초의 사람은 수도원에서 은거 생활을 하고 있던 거의 장님이나 다름없는 늙은 신부였다. 하기는 최초의 인물일 것도 없다. 그 이야기를 해준 사람은 그뿐이었으니까. 내가 그 신부의 이야기 중에서 감동받은 대목은 불타오르는 듯한 태양이 쬐는 흰 벽들이 있는, 소금에 전 그 마을이 아니고, 미개한 주민들의 잔인함이었다. 그리고 외지 사람들에게는 개방되지 않은 곳이어서, 거기에 들어가보려고 노력해본 적이 있는 사람들 중의 단 한 사람, 그가 알기에는 단 한 사람만이 목격한 일들을 이야기할 수 있었던 것이다. 그곳의 주민들은 그 사람을 채찍으로 때리고, 상처와 입에다 소금을 털어넣고서 사막으로 추방해버렸으며 그 남자는 마침 요행으로 인정 많은 유목민들을 만나서 살아났다는 이야기였다. 그때부터 나는 그의 이야기에서, 불에 끓는 소금과 하늘을 꿈꾸었고, 미신에 찬 사당과 그곳의 노예들을 생각하곤 했다. 그보다 더 야만적이고, 더 매력적인 것이 있을까? 그렇다. 그곳이야말로 내게는 둘도 없는 선교지다. 그놈들에게 나의 주님을 보여주러 나는 가야만 했다.

신학교에서는 나의 용기를 꺾으려고 여러 차례 나를 타일렀다. 시기상조이고, 그곳은 전도할 곳이 못 되고, 나는 아직 어리고, 특별한 준비가 필요하며, 내 분수를 안 후, 더 수련을 쌓아야 한다는 것이었다. 그러나 줄곧 기다리긴 싫었다. 아! 아니다. 필요하다면 특별한 준비도 좋고 시련도 좋다. 그 시련들은 알제에서 받을 수 있었고, 그렇게 되면 그 고장과 가까워지는 셈이니 말이다. 그러나 그 이외의 일엔 내 굳은 머리를 흔들며 나는 같은 말을 되풀이했다. 가장 미개한 사람들과 만나서 그들과 함께 살며, 예컨대 그들의 집 속에까지 들어가서, 그 우상의 집에까지 가서, 우리 주님의 진리가 가장 강하다는 것을 보여주겠다고 되풀이했던 것이다. 그들이 나를 모욕할 것은 물론이었다. 그러나 그 따위 모욕은 두렵지 않았다. 그런 것은 증명을 위해 오히려 더 필요했다. 그리고 모욕을 참는 나의 태도로 강한 태양처럼 나는 그 미개인들을 정복할 것이었다. 강한 태양! 그렇다. 그 말이야말로 줄곧 내 혀에서 맴돌던 말이다. 나는 절대적인 힘을 꿈꾸고 있었다. 땅바닥에 꿇어앉히는 힘, 적을 항복시키고 그를 개종시키는 그 힘 말이다. 그런데 그 적이 맹목적이고, 잔인하고, 자신만만하고, 자기의 신념에 젖어 있으면 있을수록 그의 고백은 더욱 그를 패배시킨 자에 대한 충성을 말해준다. 잠시 길을 잃은 착한 사람들을 개종시키는 것쯤은 우리 신부들의 보잘것없는 이상 (理想)이다. 나는 그들이 그 큰 힘을 갖고도 그렇게 조그만 일을 하는 것을 멸시하고 있었다. 그들은 신념이 없었고, 나는 신념을 갖고 있었다. 나는 사형 집행인에게까지도 인정을 받음으로써 그들이 무릎을 꿇고 "신이여, 그대의 승리로소이다"라고 말하도록 만들고 싶었고, 이 악의 무리들을 단 한마디로 지배하고 싶었다. 아, 나는 그 점에 관한 한 확신을 가지고 있었다. 다른 일에 대해서는 자신을 가져본 적이 없지만. 그러나 내가 어떤 생각을 가지게 되면 나는 그 생각을 버리지 않는다. 그것은 나의 힘이다. 그렇다. 그들이 모두 나를 가엾게 생각하지만, 그것은 내 나름대로의 힘이다.

태양은 더 높이 떴다. 내 이마가 타기 시작한다. 내 주위의 돌들이 우둑우둑 튄다. 총대만이 서늘하다. 풀밭처럼, 저녁에 내리는 비처럼 서늘하다. 그 옛날 수프가 보글보글 끓고 있을 때면 가끔 나에게 미소를 던지곤 했던 아버지와 어머니가 나를 기다렸다. 나는 아마 그들을 사랑하고 있었을 것이다. 그러나 지난 일이다. 열의 장막이 임시 도로로부터 솟아 올라오기 시작한다. 오너라, 선교사놈, 난 너를 기다리고 있다. 이제 나는 전해주는 말에 무어라고 대답을 해야 하는지를 알고 있다. 나의 새 선생님들이 내게 그것들을 가르쳐 주었다. 나는 그들이 옳다는 것을 알고 있다. 사랑과도 이제 결판을 지어야 하겠다. 내가 알제에서 신학교로부터 도망쳤을 때 나는 그들을, 미개인들을 달리 상상하고 있었다. 나의 몽상 중에서 한 가지만이 옳았다. 그들이 간악하다는 점이다. 나는 경리과의 현금을 훔쳐 가지고, 사제복을 벗어던지고, 아틀라스 산맥과 고원들과 사막을 횡단했다. 사하라의 횡단차 운전사까지 날 우습게 보고서 "아예 거긴 가지 말라"고 하는 거였다. 그마저 그런 말을 하니, 도대체 모두들 무슨 일인가. 수백 킬로미터의 모래사장이, 풀어헤친 머리카락처럼 바람에 밀려나갔다가 밀려들고 있다. 그러다가 다시 봉우리가 까만 산의, 칼로 벤 듯한 능선이 나타난다. 그럴라치면 열 때문에 으르렁대고, 불꽃 같은 수천 개의 거울처럼 타오르는 갈색의 끝없는 자갈밭을 넘어서 암염(巖鹽)의 도시가 솟아 있는 흑인의 땅과 백인의 나라의 경계선이 있는 그 장소까지 가기 위한 안내인이 필요했다. 안내인은 나의 돈을 훔쳤다. 어리석게도 나는 그에게 돈을 보여주었던 것이다. 그는 나를 때리고 "이 개자식, 저게 길이다. 그만하면 내게 감사할 만하지. 가라, 가라, 저리로 가. 그놈들이 버릇을 가르쳐줄 테니"라고 말했다. 과연 그들은 내게 버릇을 가르쳤다. 그들은 마치 밤을 제외하고는 쉴 새 없이 쨍쨍 내리쬐는 햇살과도 같았다. 땅에서 갑자기 솟는 태양은 창처럼 혹독하게 나를 찌른다. 오, 숨어야겠다. 그렇다. 숨어야겠어. 모든 게 뒤범벅이 되기 전에 바위 밑으로.

　여긴 그늘이 져서 좋다. 이 소금의 마을, 하얀 열기로 충만한 이 분지 바닥에서 어떻게 사람이 살 수 있단 말인가! 곡괭이로 깎아내리고 아무렇게나 대패질을 한 듯한 절벽마다 곡괭이 자국이 반짝이는 생선 비늘처럼 가득 차 있고, 산재해 있는 금빛 모래가 그것을 약간 노랗게 물들이고 있다. 바람이 깎아 세운 듯한 절벽과 테라스를 씻어버리면 역시 그 푸른 껍질까지 깨끗이 닦인 하늘 밑에서 모든 것이 하얗게 반짝인다. 흰 테라스의 표면에서 몇 시간 동안이나 변함없이 불길이 타닥타닥 튀는 그런 날이면 나는 눈이 머는 것만 같았다. 하얀 테라스들이 모두 하나로 이어져 있는 것처럼 보이는 것이었다. 마치 그 옛날에 그놈들이 소금 산을 떼를 지어 습격해서 우선 그것을 평탄하게 만들고, 바로 그 소금더미에 길을 내고, 집의 내부를 파고, 창문을 낸 것처럼 보였다. 혹은 마치, 그렇다, 이렇게 말하는 것이 보다 적절하다. 마치 그놈들은 자기네들이 거기에서 살 수 있다는 것을 보여주려고 끓는 물을 파이프로 내뿜어 희고 불타는 그들의 지옥을 깎아낸 것처럼 보였다. 생명이 있는 곳에서 삼십 일이 걸려야 다다를 수 있는 사막 한복판의 분지, 거기서는 대낮의 열기가 생물과 생물 간의 모든 접촉을 금지하고, 그들 사이를 보이지 않는 불꽃과 끓는 수정(水晶)으로 가로막는 것이다. 그러다가 돌연 한밤의 추위가 그들을 조개 같은 소금집 속에 저마다 처박혀 떨게 한다. 바삭바삭 마른 얼음덩이 속에 사는 밤의 주민으로 변하며 갑자기 이글루 속에서 오들오들 떠는 새카만 에스키모로 변해버리는 곳에서 말이다. 정말 검다. 놈들은 길고 검은 옷을 입고 있기 때문이다. 게다가 손톱까지 스며드는 소금, 밤마다 극지방의 잠 속에서 쓰디쓰게 되씹는 소금. 그리고 곡괭이로 패인 반짝이는 구덩이에 있는 단 하나의 샘에 용해된 채 들이마시는 그 소금은 가끔 그들의 검은 옷 위에다가 비 온 후 달팽이가 기어간 자리와 비슷한 자국을 남겨준다.

비, 오, 주여! 한 번만이라도 참다운 비, 오래 꾸준히 내리는, 그대의 하늘에서 내리는 비를 주소서! 그러면 마침내 이 무서운 도시는 차츰차츰 부스러져서 천천히 어쩔 도리 없이 무력해질 것이고, 완전히 녹아서 끈끈한 격류가 되어 잔인무도한 그곳 주민들을 사막으로 떠내려 보내고 말 것이다. 비를 한 번만 내리게 하소서, 주여! 아니, 뭐라고? 주님이라니, 어떤 주(主) 말인가? 이곳에서 주님은 바로 그들이 아닌가! 그놈들은 그들의 메마른 집들과 광산에서 죽어가는 검둥이 노예들을 지배하고 있다. 그리고 이 남국에서는 채취된 암염 한 조각이 인간 하나의 값이 나간다. 소리 없이 상복을 검게 차려입고 거리의 흰 바위 틈을 걸어간다. 그리고 밤이 되어 온 마을이 잿빛 유령처럼 보일 때, 소금에 절은 벽돌이 어렴풋이 반짝이는 집들의 어두컴컴한 속으로 허리를 굽히고 들어가서 그들은 가벼운

잠을 잔다. 그리고 눈을 뜨자마자 명령하고, 때리고, 그들만이 유일한 종족이요, 그들의 신만이 참다우며, 복종해야만 한다고 주장한다. 그들이 나의 상전이다. 그들은 동정심을 모른다. 그리고 지배자답게 그들은 혼자 있기를 원하고, 혼자서 앞서려고 하고, 혼자서 지배하려고 한다. 그들만이 소금과 모래 속에다 타오르는 냉혹한 도시를 건설할 만큼 엉뚱했기 때문이다. 그런데 나는…….

더위가 심해진다. 머리가 뒤죽박죽이다. 나는 땀을 흘리지만 그놈들은 까딱도 않는다. 이제는 그늘조차도 더워진다. 내 위의 바윗돌에 태양이 내리쬐는 것을 느낀다. 태양은 마구 후려갈긴다. 태양은 돌이란 돌은 전부 망치로 갈기듯이 후려친다. 그것은 음악이다. 옛날과 다름없는 수백 킬로미터에 걸친 공기와 돌의 진동인 대낮의 광대한 음악이다. 적막이 들려온다. 그렇다. 그것이 벌써 몇 년 전이지만, 나를 맞아준 것은 바로 이러한 적막이었다. 그때 감시인들은 나를 해가 쨍쨍 내리쬐는 광장의 중앙에 있는 그들 앞으로 끌고 갔다. 그 광장의 중앙에서 점차로 동심원을 이루고 있는 테라스들이 함지박처럼 움푹한 분지의 가장자리에 걸쳐 있는 단단하고 푸른 하늘이라는 뚜껑을 향해서 솟아 있었다. 나는 분지의 가장 우묵한 곳에 무릎을 꿇고 있었다. 사방의 벽에서 튀어나오는 소금과 불의 칼날이 눈을 후벼파는데, 나의 몸은 창백하고 피로했고 안내자에게 얻어맞은 귀에서는 피가 흐르고 있었다. 커다랗고 시커먼 그놈들은, 말 한마디 없이 나를 내려다보고 있었다. 해는 중천에 떠 있었다. 무쇠 같은 태양의 강타를 받으며, 하얗게 단 철판마냥 하늘을 길게 진동시키는 것 같은 적막이었다. 그들은 언제까지나 나를 노려보고, 나는 그들의 시선을 참아낼 수 없어 점점 심하게 허덕였으며, 결국은 울음을 터뜨렸다. 그러자 갑자기 그들은 말없이 돌아서더니 모두가 같은 방향으로 가기 시작했다. 나는 무릎을 꿇고, 붉고 검은 샌들을 신은 그들의 소금 가루 묻어 반짝이는 발들이 걸을 때마다 그들의 검은 옷자락을 걷어올리는 것과 발꿈치가 가볍게 땅을 차는 것을 보고만 있었다. 마침내 광장이 텅 비었을 때 나는 우상을 모신 사당으로 끌려갔다.

지금 바위 밑에 몸을 웅크리고 있으면서 머리 위에 바위를 뚫고 내리찌르는 태양의 열을 느끼듯, 나는 그때도 며칠 동안을 그 사당에서 웅크리고 앉아서 보냈다. 그 집은 다른 집보다 좀 높았는데 소금의 울타리로 둘러싸여 있었으나, 창문이 없어서 불꽃이 튀는 듯한 밤의 장막으로 싸여 있었다. 며칠 동안 짭짤한 물 한 그릇을 주었고, 암탉에게 주듯이 내 앞에다 곡식 낟알을 뿌렸다. 나는 그것을 주웠다. 낮에는 문이 닫힌 채였지만, 마치 막아낼 수 없는 태양이 소금 덩어리를 뚫고 스며드는 듯이 어둠이 좀 엷어지곤 했다. 등불이라곤 없었지만 벽을 따라서 더듬더듬 걸어가다가, 벽을 장식하고 있던 마른 종려 잎사귀로 만든 장식을 만졌다. 안쪽에는 아무렇게나 짠 조그만 문이 있었는데, 손끝으로 문에 빗장이 질려 있는 것을 느낄 수 있었다. 며칠이 지나 오랜 시간이 흘러, 이제는 날짜도 시간도 헤아릴 수 없게 되었다. 그러나 여남은 번 한 주먹씩 곡식 낟알이 던져졌다. 구덩이를 파고 용변을 묻곤 했으나 헛수고였다. 짐승의 굴에서 나는 냄새가 늘 떠돌았다. 이렇게 오랜 시간이 지난 어느 날 두 짝의 문이 열리더니 그들이 들어왔다.

그 가운데 한 명이 한 모퉁이에 웅크리고 있던 나에게 가까이 다가왔다. 나는 뺨에 화끈한 소금의 열을 느꼈다. 나는 먼지를 뒤집어 쓴 종려수의 냄새를 느끼며 그가 다가오는 것을 보고 있었다. 그는 일 미터 앞에서 멈춰 섰다. 그가 묵묵히 나를 응시하다가 신호를 보내 나는 일어섰다. 그는 말 같은 갈색 얼굴의 무표정한 금속 같은 두 눈으로 나를 노려보다가 손을 들었다. 그는 여전히 침착하게 나의 아랫입술을 꼭 쥐고는 살점이 떨어질 정도로 천천히 비틀었다. 그러더니 손의 힘을 조금도 늦추지 않고 나를 방 한가운데까지 밀어 냈다. 그는 나의 입술을 당겨서 나를 꿇어앉혔다. 나는 정신을 잃고 입은 피투성이가 된 채 앉아 있었다. 그러다가 그는 벽에 기대어 늘어선 다른 놈들에게로 돌아섰다. 그놈들은 활짝 열린 문으로 들어오고 있던 한 점의 그늘도 없는 햇빛의 가차없는 더위 속에서 신음하고 있는 나를 바라보고 있었다. 그러자 그 햇빛 속에서 풀어헤친 더벅머리를 한 무당이 나타났다. 동체에는 구슬로 만든 갑옷을 입고, 밀짚으로 만든 짧은 치마 아래에는 맨발이 드러나보였다. 얼굴에는 내다볼 수 있도록 사각형의 구멍을 뚫은 갈대와 철사로 만든 가면을 쓰고 있었다. 그는 악사들과 여자들을 데리고 들어왔는데, 그들은 몸뚱이가 조금도 드러날 틈이 없게 번쩍거리는 무거운 옷을 휘감고 있었다. 문 앞에서 그들은 춤을 췄다. 그러나 거의 율동도 없는 괴상한 춤이었다. 그들은 움직이고 있었다. 그뿐이었다. 무당은 마침내 내 뒤의 조그만 문을 열었다. 상전(上典)들은 움직이지 않고 나를 바라보고 있었다. 나는 돌아서서 우상을 보았다. 도끼 같은 쌍머리에 뱀처럼 꼬인 코가 달려 있었다.

나는 그 우상 앞 대석(臺石) 밑으로 끌려갔다. 그들은 나에게 시커멓고 짜디짠 물을 먹였다. 그러자 곧 머리가 화끈화끈 달아오르기 시작했다. 나는 웃었다. 그것이 바로 모욕이었다. 나는 모욕을 당하게 되었던 것이다. 그놈들은 나의 옷을 벗기고, 머리와 몸뚱이의 털을 깎고, 기름으로 씻고, 물과 소금에 적신 밧줄로 나의 얼굴을 후려쳤다. 그런데 웃으며 고개를 뒤로 돌릴라치면, 두 여자가 내 귀를 쥐고 얼굴을 무당이 때리는 쪽으로 돌려대는 것이었다. 그런데 내겐 무당의 사각형 눈밖에는 보이지 않았다. 나는 피투성이가 되어 줄곧 웃고 있었다. 그들이 멈추었을 때 나 외에는 아무도 말을 안 했다. 벌써 내 머리는 뒤죽박죽이 되기 시작하고 있었다. 이윽고 그들은 나를 도로 일으켜서 강제로 우상을 쳐다보게 했다. 나는 웃음을 멈췄다. 이제 나는 그를 섬기고 찬양하도록 바쳐진 몸이라는 것을 알고 있었다. 그렇다. 나는 더 웃을 수 없었다. 공포와 고통이 나를 억누르고 있었다. 거기 그 흰 집 속에서, 밖에서는 태양이 짓궂게 달구고 있는 벽에 둘러싸여, 그 긴장된 얼굴로 지칠 대로 지친 기억력을 가지고, 그렇다. 나는 그 우상에게 기도를 올리려고 애썼다. 거기 그 우상밖에는 없었고, 그의 끔찍한 얼굴은 다른 사람들보다 더 끔찍했다. 그러자 그들은 나의 두 발목을 밧줄로 비끄러맸다. 그러나 걸음을 걷기에는 지장이 없을 만큼 밧줄을 길게 매었다. 그들은 또 춤을 췄다. 그러나 이번에는 그 우상 앞에서 췄다. 상전들은 한 명씩 밖으로 나갔다.

그들이 나가고 나서 닫힌 문 뒤에서 다시 음악이 시작됐다. 무당은 나무껍질에 불을 붙이고 그 주위에서 발을 구르고 있었다. 그의 커다란 그림자가 흰 벽의 구석에서는 일그러지고, 평탄한 표면에서는 들썩거리고 있었다. 그는 춤추는 그림자로 방을 채우고 있었다. 그가 방 한 쪽에 네모꼴을 그리자, 여자들이 달려들어 나를 그 안으로 끌고 갔다. 그들의 손은 보송보송하고 부드러웠다. 그들은 내 곁에 물 한 그릇과 곡식 낟알 한 움큼을 놓고 나에게 그 우상을 보여주었다. 나는 그 우상을 곧장 바라보아야 한다는 것을 알아차렸다. 그때 무당이 여자들을 한 명씩 불 곁으로 불렀다. 그는 여자 몇 명을 때렸다. 얻어맞은 여자들은 신음하며 나의 신인 그 우상 앞에 가서 엎드렸다. 그 동안 무당은 춤을 계속 추면서 여자 한 명만 남기고 모두를 밖으로 내보냈다. 남은 여자는 아주 젊었는데, 악사들 앞에 웅크리고 앉아 있었다. 그 여자는 아직 얻어맞지 않았다. 무당은 여자의 머리채를 잡아서 주먹에 감아 뒤틀며 차츰차츰 끌어당겼다. 그 여자는 눈이 튀어나오며 뒤로 나둥그러지더니 뻗어버렸다. 여자를 놓아주면서 무당은 소리를 질렀다. 악사들은 벽 쪽으로 돌아섰다. 그 동안에 사각형의 눈구멍이 뚫린 가면 뒤에서 고함 소리가 엄청나게 커지고 있었으며, 여자는 일종의 발작을 일으켜 구르다가 마침내 손과 발을 땅에 짚고 엎드려서 모은 팔에 고개를 감추고 역시 숨막히는 고함을 질렀다. 이렇게 줄곧 소리를 지르며 줄곧 우상을 바라보면서 무당은 여자의 얼굴이 남에게 보이지 않도록 악의에 찬 태도로 여자를 날쌔게 껴안았다. 여자의 얼굴은 무거운 옷자락 속에 파묻혔다. 그런데 고독하고 얼이 빠진 나머지 나도 함께 고함을 지른 것이 아닌가. 그렇다. 나는 마치 오늘 내가 죽여야 할 놈을 기다리면서 혀가 없는 입술로 바윗돌을 핥듯, 발길에 차여서 벽에 쓰러져 소금을 핥았다. 나는 무서워서 우상을 향해 고래고래 소리를 질렀다.

이제 태양은 중천을 넘어섰다. 바위 틈새로 보이는 하늘은 과열된 철판에 뚫린 구멍 같다. 나의 수다스러운 입처럼 무색의 사막 위에 쉴 새 없이 불길을 토해내고 있는 입. 내 눈 앞의 임시 도로 위에는 아무것도 보이지 않는다. 지평선에는 먼지 한 점 없다. 내 뒤에서는 그놈들이 나를 찾고 있을 게다. 아니, 아직은 괜찮다. 정오가 훨씬 지나야만 놈들은 문을 여는 것이었다. 나는 온종일 우상을 모신 집을 깨끗이 하고, 제물을 다시 바꿔놓고 나서 잠시 밖으로 나올 수 있었다. 그리고 저녁에 의식이 시작되곤 했는데 나는 가끔 얻어맞기도 하고, 어느 날은 안 얻어맞고 무사히 지내기도 했다. 그러나 나는 늘 우상을 섬겼다. 그 우상의 모습은 나의 기억 속에, 그리고 이제는 희망 속에 역력히 아로새겨져 있다. 어떠한 신도 그만큼 나를 사로잡고 나를 굴종시킨 적이 없었다. 밤낮을 가리지 않고 나의 모든 생활은 그에게 바쳐지고 있었다. 고통도, 고통이 아닌 것도─그것이 바로 기쁨이었다─모두 그에게 바쳐야만 했다. 욕정까지도 그러했다. 거의 매일 비개성적이고 흉악한 놀음에 동참한 나머지 욕정이 솟구쳤던 것이다. 나는 얻어맞지 않으려면 벽을 바라보고 있어야만 했다. 제단 위에서 움직이고 있었던 동물적인 그림자에 억눌린 채, 얼굴을 소금 벽에 처박고 나는 그 기다란 고함 소리를 듣고 있었다. 목이 칼칼했다. 섹스 없는 정욕이 나의 관자놀이와 배를 죄어당겼다. 이처럼 하루하루가 지나갔다. 나는 날짜를 거의 구별하지 못했다. 마치 그날들은 혹서와 소금에 절은 벽들의 음흉한 반사 속에서 녹아버리는 성싶었다. 이제 시간이란, 규칙적인 간격을 두고 고통의, 또는 욕정의 아우성이 터져나오는 무형의 흐름에 불과했다. 내가 숨어 있는 이 바위를 지배하는 태양처럼 우상이 나를 지배하고 있었던, 나이를 먹지 않는 기나긴 세월이었다. 지금 나는 그때처럼 불행과 욕망 때문에 울고 있다. 악독한 희망이 내 몸을 태운다. 나는 배반하고 싶다. 나는 내 총의 총구를, 그리고 그 속에 들어 있는 넋을 핥는다. 그렇다. 정말 그렇다. 놈들이 나의 혀를 자른 날, 증오의 불멸하는 넋을 나는 찬양할 줄 알게 되었다.

뒤죽박죽이다. 더위와 분노에 취하여, 내 총에 엎드려 이 무슨 광란이냐. 여기서 허덕이고 있는 자는 누구냐! 나는 빠져나올 수 없는 이 더위, 이 대기 상태를 참을 수 없다. 나는 그를 죽여야만 한다. 새도 없고 풀잎도 없다. 돌, 메마른 욕망, 침묵, 그들의 고함 소리, 지껄이는 내 마음 속의 혀, 그리고 그놈들이 나의 혀를 자른 이후로 밤에 물도 마시지 못한 채 견뎌야 하는 멀겋고 황막한 오랜 고통, 나는 소금 동굴 속에 갇혀서 우상과 마주앉아 밤을 꿈꾸고 있었다. 신선한 별들과 어스름한 샘물이 있는 밤만이 나를 구해줄 수 있으며, 인간들의 악독한 신으로부터 나를 건져줄 수 있었다. 그러나 줄곧 갇혀 있었기 때문에 나는 그 밤을 볼 수 없었다. 만약 그놈이 더 늦는다면 나는 적어도 밤이 사막에서 솟아올라 하늘을 뒤덮는 것을 볼 수 있을 것이다. 어두운 하늘의 극점에 매달릴 차가운 황금의 포도밭 같은 밤, 거기에서 나는 아늑하게 물을 마실 수도 있을 것이고, 이제는 부드럽게 살아 움직이는 그 어떤 근육 살덩이가 갈증을 달래주는 일도 없는 이 메마르고 새카만 아가리를 축일 수 있을 것이고, 마침내는 광기가 내게서 혀를 빼앗아간 그날을 잊어버릴 수도 있을 텐데.

그날은 어지간히도 더웠다. 푹푹 찌는 것 같았다. 소금이 녹고 있었다. 적어도 그렇게 생각됐고, 공기가 눈을 쑤시는 것 같았다. 그때 무당이 가면을 벗은 채 들어왔다. 허리에 엷은 회색 빛깔의 누더기만 걸쳤을 뿐 거의 벌거벗은 다른 여자가 그의 뒤를 따라 들어오고 있었다. 얼굴에 우상의 얼굴을 본떠서 문신을 했는데, 얼빠진 듯 사나운 목상 같은 표정밖에 엿볼 수 없었다. 말라빠진 납작한 몸뚱이만이 살아 있었는데, 무당이 구석방의 문을 열자 그 몸뚱이는 우상 앞에 주저앉았다. 그러자 무당은 나를 보지도 않은 채로 나가버렸다. 더위가 바닥에서 솟아오르고 있었다. 우상은 그 움직이지 않는 여자의 몸뚱이 너머로 나를 내려다보고 있었다. 그러나 여자의 근육은 움직이고 있었고, 목상 같은 그 얼굴은 내가 가까이 갔을 때도 변하지 않고 있었다. 눈만 크게 뜨고 나를 노려보았다. 나의 발이 그 여자의 발에 닿았다. 그때에 더위가 확 몰려왔다. 여자는 아무 말없이 그 둥그런 눈으로 여전히 나를 보면서, 차츰차츰 자빠지더니 천천히 두 다리를 끌어당겨 살며시 가랑이를 벌렸다. 그러자 곧ㅡ 무당은 줄곧 나를 감시하고 있었다ㅡ 모두들 들어와서 여자에게서 나를 잡아떼더니, 나의 죄악의 국부를 무섭게 때렸다. 죄악이라니, 무슨 죄악이냐. 나는 웃었다. 죄가 어디에 있고 덕이 어디에 있단 말이냐. 그들은 나의 몸을 벽에 밀어붙였다. 강철 같은 손이 나의 턱을 잡고, 다른 손 하나가 나의 입을 벌리고 피가 날 때까지 혀를 잡아당겼다. 짐승 같은 소리로 으르렁거린 것이 바로 나 자신이었던가? 날카롭고 서늘한, 그렇다, 서늘한 칼날 같은 촉감이 내 혀 위를 스쳤다. 내가 의식을 도로 찾았을 때는, 어둠 속에서 몸을 벽에 붙이고 굳어버린 피에 젖은 채 혼자 있었다. 이상한 냄새가 나는 건초 한 뭉치가 나의 입을 틀어막고 있었다. 입에서 피는 멎었다. 그러나 입 속은 비어 있었고 그 텅 빈 속에는 쓰라린 고통만이 살아 있었다. 나는 일어서려고 했다가 다시 쓰러졌다. 나는 기뻤다. 드디어 죽을 수 있다는 절망적인 기쁨이었다. 죽음도 역시 상쾌한 일이다. 그리고 죽음의 그늘에는 어떠한 신도 숨어 있지 않았다.

그러나 나는 죽지 않았다. 새로운 증오심이 어느 날 생겨나더니, 나는 일어서서 곧바로 골방 문을 향해서 걸어가, 그 문을 열고 내 등 뒤에서 도로 닫았다. 나는 옛 동지들을 증오했다. 우상이 거기에 있었다. 내가 있었던 그 굴 안에서 나는 기도 이상의 것을 했다. 우상을 믿은 것이다. 내가 여태껏 믿었던 모든 것을 나는 부정해버렸다. 나는 구원을 받았다. 그 우상은 힘이 있었고, 권력이 있었다. 그것을 부숴버릴 수는 있을지언정 개종시킬 수는 없다. 그는 내 머리 너머를 희미한 녹슨 눈으로 바라보고 있다. 경배할지어다. 그는 주인이며 유일한 왕이시니, 간악함이야말로 이 신의 속성. 세상에 선한 주인이란 없는 법이다. 처음으로 모욕을 받다 못해 고통으로 몸은 고함을 질렀고, 나는 마음을 그에게 내맡기고, 악의에 찬 그의 원리를 시인했다. 나는 그의 원리 속에 담긴 이 세상의 악의 원칙을 찬양한 것이다. 소금 산을 깎아서 만든 메마른 도시, 자연으로부터 격리되어 사막에 피는 꽃마저 찾아볼 수 없는 도시, 우연이라든가 부드러움이 제거된 도시, 태양이나 모래들까지도 알고 있는 듯하지 않은 구름, 세차게 퍼붓는 지나가는 비, 그런 것들조차 없는 도시, 직각과 네모진 방들, 무뚝뚝한 사람들……. 요컨대 그러한 질서의 도시인 그 왕국의 죄수였던 나는, 자발적으로 그 왕국의 증오에 가득 차고 독이 오른 시민이 되어버렸다.

나는 내가 배운 긴 역사를 부정했다. 사람들은 나를 속였다. 오직 악의의 지배만이 빈틈없는 것이었다. 사람들은 나를 속였다. 진리는 네모지고 무겁고 짙은 것이다. 진리는 뉘앙스를 갖고 있을 수 없다. 선은 하나의 몽상이며, 아무리 노력하고 추구해도 줄곧 연기되는 기도(企圖)이며, 사람이 결코 다다를 수 없는 경지여서 신의 지배란 불가능한 일이다. 악만이 그 한계까지 갈 수 있으며, 절대적으로 지배할 수 있다. 눈으로 볼 수 있는 왕국을 건설할 수 있도록 우리가 섬겨야 할 것은 바로 그 악이다. 그다음 일은 다시 생각해봐야지. 그다음이 다 뭐냐, 악만이 현존하는 것이다. 유럽을 타도하자, 이성이여, 무너져라. 그리고 명예와 십자가도 무너져라. 그렇다. 나는 나의 상전들의 종교로 개종을 해야만 했었다. 그렇다. 그래, 나는 노예였다. 그러나 나도 역시 악하다면, 나는 더 이상 노예가 아니다. 아무리 발에 쇠사슬이 감기고, 벙어리라 해도 노예는 아니다. 오, 더워서 미칠 것 같다. 견딜 수 없는 햇빛 아래, 사막은 도처에서 고함치고 있다. 그리고 저쪽 편의 그자, 그 이름만 들어도 분통이 터지고 치가 떨리는 사랑의 주, 나는 그를 부정한다. 이제 나는 그를 똑똑히 알았기 때문이다. 나는 꿈꾸고 있었고 속이려고 했었다. 그러니 다시는 세상 사람을 속이지 못하도록 혀를 잘라버렸고 머리까지 못을 박은 것이다. 마치 지금의 나의 머리 같은 가엾은 그 머리에. 이 무슨 뒤죽박죽이냐. 이제는 지칠 대로 지쳤다. 그런데 땅은 흔들리지 않았다. 그것은 틀림없다. 죽인 것은 의로운 사람이 아니었다. 나는 믿지 않을 테다. 의로운 사람이란 없다. 무자비한 진리를 지배케 하는 악의 상전들만이 옳다. 그렇다. 우상만이 권력을 갖고 있다. 그는 이 세상의 유일한 신이다. 증오는 그의 율법이며, 온 인생의 원천이고, 시원한 물이다. 입을 식혀주고 위를 뜨겁게 해주는 박하처럼 시원한 물이다.

그때 나는 변했다. 그들도 그것을 알아차렸다. 그들을 만날 때면, 나는 그들의 손에 입을 맞추곤 했다. 꾸준히 그들을 찬양하며 그들의 편이 되었었다. 나는 그들을 믿었다. 나는 그들이 나의 혀를 자른 것처럼 내 동족들의 혀를 잘라주었으면 했다. 선교사가 온다는 것을 알았을 때, 나는 내가 해야 할 일을 깨달았다. 여느 때와 다름없는 그날, 오래전부터 그래왔듯 계속해서 눈이 부신 그날이었다! 오후 늦게 한 감시원이 분지의 높은 기슭을 달리고 있는 것이 보였다. 몇 분 후에 나는 문이 닫힌 우상의 방으로 끌려갔다. 그놈들 중의 하나가 십자가 모양의 칼로 위협하고 나를 땅바닥에 주저앉혔다. 오랜 침묵이 계속되더니, 이윽고 영문 모를 소음이 평소에는 고요했던 마을을 진동시켰다. 한참 시간이 지난 후에야 나는 그 소음을 알아들을 수 있었다. 그 소음은 내 나라의 말이었기 때문이었다. 그러나 그 말소리가 울리자마자 칼끝이 내 눈알에 와 있었다. 감시원은 묵묵히 나를 노려보았다. 그때 두 사람의 음성이 가까이 왔다. 그 소리는 지금까지 나의 귓전에서 사라지지 않고 있다. 한 사람이 "중위님, 왜 이 집에는 문지기가 없을까요. 문을 부수고 들어갈까요?" 하고 묻는 것이었다. "아니야" 하고 다른 사람이 짤막하게 대답하고는 잠시 후에, 협정을 통해 약 스무 명의 주둔군이 성벽 밖에서 야영하는 것을 허용하되, 이 고장의 풍습을 존중한다는 조건 하에 주둔을 승낙했다고 말하는 것이었다. 병사는 웃으며 "그들이 항복하는 모양입니다" 하고 말했다. 그러나 장교는 모르는 일이었다. 어쨌든 처음으로 애들의 병을 봐줄 사람을 받아들이기로 했는데, 아마 그것은 종군 신부가 맡을 것이요, 영토 문제는 이차적인 것이라는 것이었다. 병사는 만약 군대가 없다면 놈들은 신부에게서 그것을 베어낼 것이 아니냐고 물었다. "그럴 리야 없지, 베포르 신부가 주둔군보다 먼저 도착할 거야. 이틀 후에는 여기에 올걸" 하고 장교가 대답했다. 그 이상은 아무 소리도 더 들리지 않았다. 나는 꼼짝도 못 하고 칼날 밑에 주저앉아서 괴로워했다. 바늘과 칼의 쳇바퀴가 내 마음 속에서 돌고 있었다. 그들은 미쳤다, 미쳤어. 이 도시, 이 무적의 권세, 진정한 신에게 손을 대게 내버려두었다니. 이제부터 올 사람은 혀를 자르지는 않을 것이었다. 그는 모욕도 받지 않고 힘 안 들이고 그의 거만스러운 봉사정신을 자랑할 것이다. 악의 지배는 늦어질 것이다. 다시 의문이 생길 거다. 사람들은 또다시, 불가능한 선(善)을 꿈꾸고, 실현 가능한 오직 하나뿐인 왕국이 생기도록 재촉하는 대신, 결실 없는 노력에 시간을 낭비하려고 한다. 나는 나를 위협하고 있는 칼을 보고 있었다. 오, 세계를 지배하는 유일한 힘이여! 오, 힘이여! 마을은 점점 조용해지고 마침내 문이 열렸다. 나는 혼자서 흥분되고 분한 마음으로 우상과 함께 남아 있었다. 그리고 나의 새 신앙, 나의 진실한 상전들, 포악한 나의 신을 구하고, 무슨 일을 치르고라도 모든 다른 것을 다 배반하리라고 우상에게 맹세했다.

더위가 좀 덜하다. 바위도 더 이상 진동하지 않는다. 이제 이 구덩이 밖으로 나가서 사막이 누런색에서 황갈색으로 변하고, 곧 자홍색으로 변하는 것을 볼 수 있게 되리라. 어젯밤, 나는 그들이 잠들기를 기다렸다. 나는 문의 자물쇠를 비틀어 놓았다. 밧줄로 묶인, 종전과 같은 걸음걸이로 밖으로 나갔다. 나는 거리를 잘 알고 있었다. 낡은 총이 어디에 있으며, 어떤 출입구에 문지기가 없는지도 알고 있었다. 한 주먹밖에 안 되는 별들 주위에서 어둠이 차차 흩어지고, 사막의 모습이 약간 짙어지기 시작하는 그 시각에 나는 여기에 도착했다. 이렇게 바위 속에 엎드려 며칠이 지난 것 같다. 빨리, 빨리,

오, 그가 빨리 좀 왔으면! 좀 있으면 그들이 나를 찾기 시작할 게다. 그들은 산지사방의 도로로 쏜살같이 뛰어갈 것이다. 그들은 내가 그들을 위해서, 그들을 더 잘 섬기기 위해서 떠나왔다는 것을 모를 것이다. 나의 다리는 굶주림과 증오에 겨워서 힘이 없다. 오, 옳아, 저기 저 도로 끝에서 낙타 두 마리의 그림자가 점점 커져온다, 벌써 짧은 그림자가 생겨서 이중으로 보인다. 낙타들은 늘 그렇듯이, 날쌔고 꿈꾸는 듯한 모습으로 달려오고 있다. 드디어 왔구나, 왔어!

빨리 총을, 나는 서둘러 총을 잰다. 오, 나의 신 우상이여, 그대의 힘이 유지되고, 모욕이 배가(倍加)되고, 증오가 저주받은 세계를 무자비하게 지배하고, 악인이 영원히 상전이 되고, 소금과 무쇠의 도시에서 시키면 전제자가 무참하게 사람들을 굴복시키고 소유할 그 왕국이 마침내 이룩되게 하소서! 자, 연민을 쏴라, 무기력과 그 자비를 쏴라. 악의 도래를 늦추는 모든 것을 쏴라. 마구 쏴라, 그들이 나자빠진다. 낙타들은 곧장 지평선 쪽으로 도망친다. 지평선에서는 검은 새 떼가 언제나 변함없는 하늘로 온천의 물처럼 솟아 올라갔다. 나는 웃고 또 웃었다. 저 놈의 밉살스러운 검정 사제복 속에서 몸부림치고 있다. 그는 고개를 들고 나를 본다. 발목에 쇠사슬이 달린 전지전능의 신인 나를. 왜 미소를 지을까, 저 미소를 짓눌러버려야겠다! 선의 낯짝을 개머리판으로 후려갈기는 소리는 듣기도 좋아라. 오늘, 결국은 오늘, 모든 것이 성취되었다. 그리고 사막의 구석구석에서, 앞으로 몇 시간 동안 승냥이 떼들은 바람 냄새를 맡다가 그들을 기다리는 해골을 향해서 끈기 있게 짧은 속보로 걷기 시작하는 것이다. 만세! 나는 두 팔을 하늘로 쳐들었다. 하늘도 애틋한 듯 보랏빛 그림자가 맞은편 지평선에 배어난다. 오, 유럽의 밤들, 조국, 유년 시절이여……. 왜 나는 승리한 이 순간에 울어야만 하는가?

그가 움직였다. 아니, 소리는 딴 곳에서 들려오는데. 저쪽 끝에서 그들이 온다. 그들이 검은 새처럼 날아온다. 나의 상전들은 내게로 다가와서 나를 잡는다. 아아! 그래, 때려라. 그들은 자기네 마을이 수사를 당하고 요란해지는 것을 두려워한다. 그들은 내가 성스러운 마을로 부른 복수심에 불타는 병사들을 두려워한다. 그러나 그것은 필요한 일이었다. 자, 이제 너희들을 방어하라. 때려라. 나를 먼저 때려라. 너희들은 진리를 가졌다! 오, 나의 상전들이여, 그들은 이 다음에는 병사들을 패배시킬 것이며 말씀과 사랑을 굴복시킬 것이다. 그들은 사막을 거슬러 올라가서 바다를 건너, 그들의 검은 베일로 유럽의 광명을 덮어버릴 것이다. 배때기를 때려라. 그렇지, 눈을 갈겨라. 그들은 대륙에다 그들의 소금을 뿌릴 것이다. 모든 식물과 모든 젊음이 사라질 것이다. 발목을 묶인 벙어리 떼가 진정한 신앙의 잔인한 태양 아래서, 이 세계의 사막 속에서 내 곁을 걸어다닐 것이다. 그렇게 되면 나는 적적하지는 않게 된다. 아! 이 아픔, 그들이 주는 고통, 그들의 분노는 좋기도 하다. 그들이 지금 나의 사지를 갈기갈기 찢고 있는 이 사형대 위에서 가엾게도 나는 웃고 있다. 나를 십자가에 박는 그 못 소리가 듣기 좋다.

사막은 고요하기도 하다! 벌써 밤이 되었고, 나는 고독하다. 목마르다. 더 기다려야 한다. 마을은 어딜까? 멀리서 들리는 저 소리는? 아마 승리한 병사들일까. 아냐, 그래서는 안 된다. 병사들이 이겼다 쳐도, 그들은 철저하게 악하지는 못하다. 그들은 지배할 줄을 모를 것이다. 역시 그들은 보다 선하게 돼야 한다고 말할 것이다. 역시 수백만의 인간들이 악과 선 사이에서 갈기갈기 찢기고, 망설이게 될 것이다. 오, 우상이여, 어찌하여 나를 버렸나이까? 모든 것은 끝났다. 목이 마르다. 몸이 타오른다. 더 어두워져가는 밤이 나의 눈을 가린다.

　이 기나긴 꿈. 나는 깨어난다. 아냐, 나는 죽어가고 있다. 새벽이 밝아온다. 다른 사람들에게는 최초의 빛인 먼동, 나에게는 가혹한 태양일 뿐. 누가 말하고 있는 것인가. 아무도 아니다. 하늘은 입을 열지 않는다. 신은 사막에다 말을 하지 않는다. 그런데도 어디서 들려오는 말일까. "네가 증오와 힘을 위해서 죽는 데 동의한다면, 누가 우리를 용서해주겠느냐?" "용기를 내, 용기를, 용기를 내라!" 하고 되풀이하는 것은 내 마음속의 또 하나의 혀일까? 혹은 아직도 죽기 싫어하는 내 발 밑에 쓰러진 자의 말소리일까? 아! 또 한 번 속아버린 것이라면! 지난날의 다정했던 인간들아, 유일한 구원자들아. 오오, 고독하구나, 나를 저버리지 말아다오! 여기 누가 있구나. 너는 누구냐? 찢어지고 피투성이가 된 입, 바로 무당, 너로구나. 병사들이 너를 무찔렀구나. 저기서 소금이 타오르고 있다. 내가 가장 사랑하는 나의 주인이로구나. 그 증오에 찬 얼굴을 버려라. 이제는 착해져라. 우리는 속았다. 다시 시작하자. 우리는 자비심에 찬 도시를 다시 만들어야 한다. 나는 집으로 돌아가고 싶다. 그래 좀 도와다오. 그래, 손을 내밀어줘……

　지껄이는 노예의 입을 한 움큼의 소금이 틀어막았다.

작품 해설

   알베르 카뮈라는 이름을 모르는 사람은 거의 없을 것이다. 또한 그의 작품이 '부조리'와 '반항'에 근거를 두고 있음도 누구나 알고 있다. 카뮈 문학의 사상적 배경을 우리는 에세이 형식으로 발표된《시지프의 신화》와《반항적 인간》속에서 볼 수 있다. '부조리'며 '반항'을 몇 마디로 요약하기는 어렵지만 그것들의 근본적인 성격만은 분명히 말할 수 있다. 카뮈는 인간의 세계에 있어서의 존재를 모순적인 것으로 본다. 인간의 세계에 있어서의 존재란 다시 말하면 인생이다. 그러면 인생에서의 모순을 이루고 있는 두 기본항은 무엇인가? 우리는 그것을 '죽음에 대한 절망과 삶의 환희'라고도 할 수 있고, '고독과 사랑'이라고도 할 수 있으며, '악'과 '선'이라고도 할 수 있을 것이다. 그러나 '모순된 인생'에 대한 명석한 인식, 그것은 카뮈가《시지프의 신화》와《반항적 인간》에서 전개한 기본 사상일 뿐 아니라, 그의 체험(이 체험의 증언이《안과 겉》이었다)에서 얻은 기본적 진리로서 그가 처음부터 끝까지 일관하여 성실하게 지킨 것이다. 그의 처녀작이 상반되는 두 말인《안과 겉》이라 되어 있고, 최후작 역시 상반되는 두 말로《적지(謫地)와 왕국》이라 되어 있는 것은 의미심장하다.

카뮈에 의하면, 이성을 가진 존재인 인간은 합리의 욕망이 있는 까닭에 세계의 뜻을 알아보고자 한다. 그런데 세계는 인간이 알아볼 만한 아무런 뜻도 없다. 인간이 가진 '합리의 욕망'과 세계의 '몰합리'라는 두 개의 상반되는 것, 이러한 이율배반으로부터 생기는 모순, 그것이 바로 카뮈의 부조리이며, 인간이 피하지 못할 숙명, 인간의 조건이라는 것이다.

그러나 그것을 누구나 느끼는 것은 아니다. 의식이 졸고 있는 사람은 그것을 느끼지 못한다. 그들은 그저 습관에 따라 기계적으로 일상생활의 쳇바퀴를 돌며, 인생의 뜻이 있는지 없는지 문제삼지 않는다. 그처럼 졸고 있으면 존재자의 의식일 수 없으므로 의식이 완전히 깨어나서 부조리를 명확히 인식할 때, 비로소 인간은 인간다울 수 있다. 그러므로 카뮈에 따르면 부조리의 인식이야말로 인간의 존엄성이기도 하다. 그리고 이 부조리와 직면하여 모순을 해소하려 하지 않고 그대로 받아들이면서 삶을 긍정하는 태도, 그것이 '반항'이다.

《이방인》은 알제리를 무대로 해서 전개된다. 카뮈는 1913년 알제리 몽도비에서 태어났다. 아마 카뮈는 알제리의 해변과 태양을 좋아했던 모양이다. 아버지는 노동자였고 어머니는 스페인 혈통의 여자였다. 빈곤한 가정이었기 때문에 알제의 국립대학을 나올 때까지 고학을 했다. 이때 그 지방 신문사에서 일한 것이 인연이 되어, 그 후 자주 신문기자로 활약했다.

1934년 공산당에 가입했다가 이듬해 탈당한 일이 있으며, 연극에 매료되어 '작업대'라는 극단을 조직하여 여러 작품을 각색·상연했고, 특히《카라마조프 가의 형제들》에서는 자신이 '이반'의 역할을 맡았다. 1938년《알제 레퓌블리캥》지에 사르트르의《구토》에 대해서 "인간의 추악한 면이 강조되었다"는 비난 기사를 썼다. 이것은 카뮈의 인간성의 일면을 보여준다.

2차 세계대전이 시작된 때인 1940년《이방인》과《시지프의 신화》1부를 탈고하여 이 년 후에 발표했다. 문제의《이방인》이 2차 세계대전 초, 혼란한 시기에 발표되었다는 사실은 특별한 의미를 가질 수도 있다. 1942년부터 항독운동기관지《콩바》의 파리 책임자가 되어 저항운동에 앞장섰고, 일 년 후《콩바》지의 주간이 되었다. 이때 사르트르와 처음 교우하기 시작했으나, 1951년 에세이 《반항적 인간》을 발표한 다음, 이듬해 사르트르가 주간으로 있는 《현대》지에서《반항적 인간》을 혹평하자 '잡지《현대》의 주필에게 보내는 공개장'을 같은 잡지에 투고함으로써 사르트르와 절연하였다. 1956년《전락》을 발표하고 이듬해 노벨문학상을 받았다.

약 이십 년간 작품 활동을 통해서 카뮈는 노벨문학상을 받았고, 전 세계에 그의 독자를 갖게 되었다.

《이방인》은 그의 대표작으로, 그의 작품 가운데서 가장 많이 읽혔다. 앞에서 말한 바와 같이 졸고 있는 의식이 불가피하게 허망한 모순에 부딪혀 부조리를 낳게 되는 귀결을 보여주는 것이《이방인》이다.《이방인》에서 그것이 어떻게 나타나고 있는지 읽어보자.

주인공 뫼르소는 어머니가 죽은 다음 날 해수욕을 하고 여자와 관계를 맺고 희극 영화를 보고 웃고, 태양 때문에 아랍인을 죽이고, 사형 집행 전날 밤 과거에도 행복했지만 지금도 역시 행복하다고 말하며, 증오의 함성으로 자신의 사형 집행을 보기 위해 단두대 둘레에 많은 군중이 모여줄 것을 원한다.

알제에 사는 일개 사무원인 뫼르소는 아주 범속한 생활을 한다. 그러나 그 속에 허망의 세계가 펼쳐진다. 좀 더 자세히 읽어보면 "그때 나는 일요일이 또 하루 지나갔고, 어머니의 장례식도 이제는 끝났고, 내일은 다시 일을 시작해야 하겠고, 그러니 결국 달라진 것은 아무것도 없다는 생각을 했다"라는 구절을 읽게 된다. 어머니가 죽었는데도 아무것도 변한 것이 없다는 이 충격적인 말은 뫼르소로 하여금 그다음 날 마리라는 타이피스트와 정사를 갖게 한다. 그는 레몽이라는 건달을 만나 우연히 함께 해수욕장에 간다. 그리고 레몽과 시비가 붙은 아랍인을 뜨거운 태양 때문에 쏘아 죽인다.

그가 재판을 받게 되었을 때 변호사나 재판관이나 검사들은 어머니 장례식 날의 그의 태도에 중점을 둔다. 어머니의 장례식 날 눈물을 흘리지 않고 졸았다는 사실이 타인들에게는 중요했던 것이다. 그러나 뫼르소는 어머니 장례식 날 피곤해서 졸았을 뿐이지 어머니를 사랑하지 않은 것은 아니다. 예심 판사가 "다짜고짜 어머니를 사랑했냐"라고 묻자 뫼르소는 "네, 다른 사람들과 마찬가지로 사랑했습니다"라고 대답한다. 뫼르소는 어머니를 사랑한 것과 어머니의 장례식 날 졸았다든가, 여자와 정사를 가졌다는 사실과의 연관성을 발견하지 못한다. 그리고 그것이 아랍인을 죽인 것과는 더욱 상관없다고 생각한다. 그리하여 뫼르소는 사형 선고를 받는다. 뫼르소가 변명을 잘 하지 못했기 때문이다.

그는 사실 자기 일에 관심을 갖지 못했다. 사건들은 자기 일이 아닌 것처럼 지나가버린다. 그는 우연에 이끌려 연출된 그의 범죄를 의식하지 못한다. 그리하여 그는 고민하지도 않고 오히려 사형 선고에 어리둥절해 있다. 왜냐하면 해변가에서 수영하는 쾌락이나 알제리 오후의 부드러움, 그리고 육체적 사랑 등을 제외하고는 이 세상의 어떤 일도 그에게는 무관한, 정말로 '이방'이기 때문이다. 그러나 타인들의 눈에는 그의 행동에 죄가 있으며 그것과의 연관성이 있는 것으로 파악된다. 말하자면 어머니를 사랑하지 않은 냉혹한 인간, 건달패와 섞였고, 음란한 일에 관련되어 사람을 죽인 탈선자인 것이다. 그리하여 사형 선고를 받는다.

그는 이때부터 생명에 대한 무한한 애착을 느끼지만 세계는 이미 그에게 무관심하다. 세계가 그에게 처음으로 보여준 이 무관심 때문에 그는 처음으로 "세계의 정다운 무관심에 마음을 열고 있었던 것이다. 그처럼 세계가 나와 다름없고 형제 같음을 느끼며, 나는 행복했고, 지금도 행복하다"고 한다. 그리하여 그는 "모든 것이 완성되도록 하기 위해서, 내가 외롭지 않다는 것을 느끼기 위해서 이제 내게 남은 소원은, 다만 내가 사형 집행을 받는 날 많은 구경꾼들이 증오의 함성으로 나를 맞아주었으면 하는 것뿐이다"라고 외침으로써 이 소설은 끝난다.

《페스트》에 대한 자신의 해설로써《반항적 인간》을 썼던 것처럼《이방인》에 대한 해설로써 카뮈는 몇 달 뒤《시지프의 신화》를 썼다. 이 권태와 허무를 그린 소설을《시지프의 신화》에서는 "기상, 전차, 사무실이나 공장에서의 네 시간, 식사, 네 시간의 노동, 식사, 수면, 월 화 수 목 금 토 언제나 같은 리듬으로"라고 설명하였다. 변화하지 않는 똑같은 생활의 되풀이 속에서 인간의 정신은 기계화되고 생활은 단조로워져간다. 인간에게는 희망도 환상도 사라지고 육체적인 진실, 순간적인 쾌락만이 남아 있다.

카뮈는《시지프의 신화》에서 "갑자기 환상과 광명이 없어진 세계에서 인간은 자신을 '이방인'이라고 느낀다. 이 추방에는 구원이 없다. 왜냐하면 그에게는 잃어버린 조국에 대한 기억도 없고 약속된 땅에 대한 희망도 없기 때문이다"라고 말한다. 그러므로 '이방인'이란 세계에 대한 인간을 말하는 것이다.

뫼르소의 행위, 가령 어머니 장례식 다음 날의 마리와의 정사라든가, 아무런 이해 관계가 없는 아랍인을 살해한다든가 하는 것을 다른 사람이 이해하지 못하고 있는 것은 다음과 같은《시지프의 신화》에 나타난 구절이 잘 말해준다. "어떤 사나이가 유리창 저편에서 전화를 걸고 있다. 물론 이쪽에서는 그 말을 들을 수가 없다. 그러나 그 무의미한 몸짓을 볼 수 있다. 왜 그가 그런 몸짓을 하고 있는지, 이쪽의 사람은 생각해본다." 이때 그 유리창 안에 있는 사람의 동작은 부조리하다. 사르트르의 표현을 빌리면 "그는 끊어진 회선에 속해 있기 때문이다. 문을 열고 수화기에 귀를 기울이면 그 선은 연결되고 인간의 활동은 의미를 가지게 된다."

카뮈는 등장인물과 독자 사이에 유리창을 삽입한 것이다. 유리창 뒤에 있는 사람은 무능한 것으로 보인다. 그 유리창은 모든 것을 통과시키지만 통과시키지 못하는 것이 하나 있다. 그것은 동작이 가지는 의미인 것이다. 이 의미의 불통 때문에 뫼르소와 타인들 사이에는 의식의 단절 현상이 일어난다.

이 의식의 단절이란 인간사회에서 일어나는 질서의 파괴를 의미한다. 그러므로 카뮈가 《이방인》에서 취급한 주제는 이와 같은 부조리에 대한 가장 깊은 통찰이며 가장 신랄한 고발인 것이다. 사르트르의 말을 빌리면 《이방인》은 "건조하고 깨끗한 작품, 외관상으로는 무질서하게 보이지만 잘 짜여진 작품이며 너무나 인간적인" 작품인 것이다.

이 작품이 발표된 당시는 2차 세계대전이 일어나 프랑스를 포함한 세계 각국의 사회적, 정신적 혼란기였던 동시에 양차 대전을 통해 인간의 가치관이 변했던 때였다. 사람의 목숨이란 그렇게 귀중하지 않은 것처럼 수없는 생명이 죽어갔다. 이 작품이 발표되자 실존주의의 문학적 승리로서 평가받았으며, 우리나라에도 1952년에 처음으로 번역 소개되었다. 그는 실존주의자는 아니지만 그런 경향에 속했던 것이다.

2차 세계대전을 전후로 해서 세계에 실존주의 작품이 선풍을 일으킨 것은 바로 카뮈의 《이방인》과 사르트르의 일련의 철학적 이론 덕분이었다. 또한 그가 1957년 노벨문학상을 받게 된 것도 우연이 아니었다. 혼란하고 무질서한 정신적 풍토 위에 새로운 가치관을 제시하고 확립시킨 문학적 공로가 인정되었기 때문이었다. 자기에의 성실과 인간의 존엄성을 기초로 사회정의를 실현하려는 그의 작가적 정신은 그를 프랑스의 위대한 작가라기보다는 한 성실한 작가로 지칭되게 했다.

1945년 2차 세계대전이 끝난 뒤 황량한 폐허에서 인간정신의 위기를 간파하고 그것의 극복을 위해 카뮈가 제시한 '부조리'와 '반항'의 사상은 중세의 종교 이상의 힘을 가지고 독자들에게 감동을 주었고 영향을 미쳤던 것이다. 우리나라에서 그것이 지금까지 통속적인 허무주의로 통해왔던 것은 카뮈가 올바로 이해되지 못했기 때문이었다. 적어도 1950년대에 대두된 누보 로망이 문학의 일반적 조류로 대두되기 전까지는 카뮈의 문학이 강력한 영향력을 갖고 있었던 것이다.

1960년 카뮈의 불행한 죽음은 또 다른 《이방인》의 제시를 볼 수 없게 만들었다. 그러나 그가 내놓은 1942년의 《이방인》은 적어도 2차 세계대전 전후의 문학사적 의미뿐만 아니라, 한 세대의 정신을 대표하고 지배했다는 면에서 의미를 영원히 잃지 않을 것이다.

옮긴이

알베르 카뮈 연보

1913년	11월 7일 알제리 콩스탕틴주 몽드비에서 출생.
1930년(17세)	알제대학에 입학. 대학 축구부 선수로 활약. 폐질환에 감염됨.
1933년(20세)	결혼.
1936년(23세)	알제대학 졸업. 철학학위논문 〈플로티노스와 성 아우구스티누스를 통해서 본 헬레니즘과 그리스도교 사상의 관계〉 집필. 알제 방송국 전속 극단의 배우로 활약. 희곡 〈아스튀리의 반란〉 발표.
1937년(24세)	'작업대'(아마추어 연극 단체) 조직. 에세이 《안과 겉》 간행. 건강상의 이유로 교수 자격 획득을 단념.
1938년(25세)	《알제 레퓌블리캥》지 기자. 에세이 《결혼》 간행.

1939년(26세) 희곡《칼리굴라》집필. 앙드레 말로와 교우.

1940년(27세) 재혼.《파리 스와르》지 편집부 입사. 소설《이방인》
탈고. 에세이《시지프의 신화》제1부 탈고.

1941년(28세) 오랑의 사립학교에서 교편을 잡음.《시지프의 신화》
탈고.《모비 딕》의 영향을 받고 소설《페스트》기고.

1942년(29세) 소설《이방인》, 에세이《시지프의 신화》간행. 저항
운동기관지《콩바》의 파리 책임자.

1943년(30세) 파스칼 피아와 함께《콩바》의 주간으로 활약. 사르
트르와 교우. 갈리마르사와 거래.

1944년(31세) 희곡《오해》,《칼리굴라》발표.

1947년(34세) 소설《페스트》간행, 곧 호평을 받음.

1948년(35세) 희곡《계엄령》발표.

1949년(36세) 남미에서 귀국. 에세이《반항적 인간》집필.

1950년(37세) 에세이《미노타우로스 또는 오랑에서의 정박》간행.
희곡《정의의 사람들》발표.《시사평론 I》발표.

1951년(38세) 에세이《반항적 인간》간행.

1953년(40세) 유네스코에서 탈퇴.《시사평론 II》발표.

1954년(41세) 모든 정치 활동에서 물러남. 에세이《여름》간행.

1955년(42세) 신문계로 복귀.

1956년(43세) 소설《전락》간행.

1957년(44세) 소설《적지와 왕국》간행. 노벨문학상 수상.

1960년(47세) 1월 4일 자동차 사고로 사망.

옮긴이 **이휘영**

소르본대학교 문학부에서 D.S.C.F. 학위를 획득했으며
서울대학교 불문학과 교수를 역임했다.
옮긴 책으로 알베르 카뮈의《전락》《페스트》《안과 겉》,
로맹 롤랑의《베토벤의 생애》,
앙드레 지드의《지상의 양식》《사전꾼들》,
르 클레지오의《홍수》외《카르멘》《독서론》《회색 노트》
《암야의 집》등이 있다.

이방인

1판 1쇄 발행 1973년 10월 30일
3판 1쇄 발행 1999년 12월 10일
3판 18쇄 발행 2022년 10월 20일

지은이 알베르 카뮈 ｜ 옮긴이 이휘영
펴낸곳 (주)문예출판사 ｜ 펴낸이 전준배
출판등록 2004. 02. 12. 제 2013-000360호 (1966. 12. 2. 제 1-134호)
주소 03992 서울시 마포구 월드컵북로 6길 30
전화 393-5681 ｜ 팩스 393-5685
홈페이지 www.moonye.com ｜ 블로그 blog.naver.com/imoonye
페이스북 www.facebook.com/moonyepublishing ｜ 이메일 info@moonye.com

ISBN 978-89-310-0514-1 03860

■ 문예 세계문학선

★ 서울대, 연세대, 고려대 필독 권장도서 ▲ 미국 대학위원회 추천도서
● 《타임》 선정 현대 100대 영문 소설 ▽ 《뉴스위크》 선정 세계 100대 명저

1 젊은 베르테르의 슬픔 괴테 / 송영택 옮김

▽ 2 멋진 신세계 올더스 헉슬리 / 이덕형 옮김

▽ 3 호밀밭의 파수꾼 J. D. 샐린저 / 이덕형 옮김

4 데미안 헤르만 헤세 / 구기성 옮김

5 생의 한가운데 루이제 린저 / 전혜린 옮김

6 대지 펄 S. 벅 / 안정효 옮김

▽ 7 1984 조지 오웰 / 김승욱 옮김

▽ 8 위대한 개츠비 F. 스콧 피츠제럴드 / 송무 옮김

▽ 9 파리대왕 윌리엄 골딩 / 이덕형 옮김

10 삼십세 잉게보르크 바흐만 / 차경아 옮김

▲ 11 오이디푸스왕 · 안티고네
     소포클레스 · 아이스퀼로스 / 천병희 옮김

▲ 12 주홍씨 너새니얼 호손 / 조승국 옮김

▽ 13 동물농장 조지 오웰 / 김승욱 옮김

★ 14 마음 나쓰메 소세키 / 오유리 옮김

★ 15 아Q정전 · 광인일기 루쉰 / 정석원 옮김

16 개선문 레마르크 / 송영택 옮김

★ 17 구토 장 폴 사르트르 / 방곤 옮김

18 노인과 바다 어니스트 헤밍웨이 / 이경식 옮김

19 좁은 문 앙드레 지드 / 오현우 옮김

▲ 20 변신 · 시골 의사 프란츠 카프카 / 이덕형 옮김

▲ 21 이방인 알베르 카뮈 / 이휘영 옮김

22 지하생활자의 수기 도스토옙스키 / 이동현 옮김

★ 23 설국 가와바타 야스나리 / 장경룡 옮김

▲ 24 이반 데니소비치의 하루
     A. 솔제니친 / 이동현 옮김

25 더블린 사람들 제임스 조이스 / 김병철 옮김

★ 26 여자의 일생 기 드 모파상 / 신인영 옮김

27 달과 6펜스 서머싯 몸 / 안흥규 옮김

28 지옥 앙리 바르뷔스 / 오현우 옮김

▲ 29 젊은 예술가의 초상 제임스 조이스 / 여석기 옮김

▲ 30 검은 고양이 애드거 앨런 포 / 김기철 옮김

★ 31 도련님 나쓰메 소세키 / 오유리 옮김

32 우리 시대의 아이 외된 폰 호르바트 / 조경수 옮김

33 잃어버린 지평선 제임스 힐턴 / 이경식 옮김

34 지상의 양식 앙드레 지드 / 김붕구 옮김

35 체호프 단편선 안톤 체호프 / 김학수 옮김

36 인간 실격 다자이 오사무 / 오유리 옮김

37 위기의 여자 시몬 드 보부아르 / 손장순 옮김

● ▽ 38 댈러웨이 부인 버지니아 울프 / 나영균 옮김

39 인간희극 윌리엄 사로얀 / 안정효 옮김

40 오 헨리 단편선 O. 헨리 / 이성호 옮김

★ 41 말테의 수기 R. M. 릴케 / 박환덕 옮김

42 파비안 에리히 케스트너 / 전혜린 옮김

★▲▽ 43 햄릿 윌리엄 셰익스피어 / 여석기 옮김

44 바라바 페르 라게르크비스트 / 한영환 옮김

45 토니오 크뢰거 토마스 만 / 강두식 옮김

46 첫사랑 이반 투르게네프 / 김학수 옮김

47 제3의 사나이 그레엄 그린 / 안흥규 옮김

★▲▽ 48 어둠의 속 조셉 콘래드 / 이덕형 옮김

49 싯다르타 헤르만 헤세 / 차경아 옮김

50 모파상 단편선 기 드 모파상 / 김동현 · 김사행 옮김

51 찰스 램 수필선 찰스 램 / 김기철 옮김

★▲▽ 52 보바리 부인 귀스타브 플로베르 / 민희식 옮김

53 페터 카멘친트 헤르만 헤세 / 박종서 옮김

★ 54 몽테뉴 수상록 몽테뉴 / 손우성 옮김

55 알퐁스 도데 단편선 알퐁스 도데 / 김사행 옮김

56 베이컨 수필집 프랜시스 베이컨 / 김길중 옮김

★▲ 57 인형의 집 헨릭 입센 / 안동민 옮김

★ 58 심판 프란츠 카프카 / 김현성 옮김

★▲ 59 테스 토마스 하디 / 이종구 옮김

★▽ 60 리어왕 윌리엄 셰익스피어 / 이종구 옮김

61 라쇼몽 아쿠타가와 류노스케 / 김영식 옮김

▲▽ 62 프랑켄슈타인 메리 셸리 / 임종기 옮김

▲●▽ 63 등대로 버지니아 울프 / 이숙자 옮김

64 명상록 마르쿠스 아우렐리우스 / 이덕형 옮김

65 가든 파티 캐서린 맨스필드 / 이덕형 옮김

66 투명인간 H. G. 웰스 / 임종기 옮김

67 게르트루트 헤르만 헤세 / 송영택 옮김

68 피가로의 결혼 보마르셰 / 민희식 옮김

(뒷면 계속)

★ 69 **팡세** 블레즈 파스칼 / 하동훈 옮김

70 **한국 단편 소설선 1** 김동인 외

71 **지킬 박사와 하이드** 로버트 L. 스티븐슨 / 김세미 옮김

▲ 72 **밤으로의 긴 여로** 유진 오닐 / 박윤정 옮김

★▲▽ 73 **허클베리 핀의 모험** 마크 트웨인 / 이덕형 옮김

74 **이선 프롬** 이디스 워튼 / 손영미 옮김

75 **크리스마스 캐럴** 찰스 디킨스 / 김세미 옮김

★▲ 76 **파우스트** 요한 볼프강 폰 괴테 / 정경석 옮김

▲ 77 **야성의 부름** 잭 런던 / 임종기 옮김

★▲ 78 **고도를 기다리며** 사뮈엘 베케트 / 홍복유 옮김

★▲▽ 79 **걸리버 여행기** 조너선 스위프트 / 박용수 옮김

80 **톰 소여의 모험** 마크 트웨인 / 이덕형 옮김

★▲▽ 81 **오만과 편견** 제인 오스틴 / 박용수 옮김

★▽ 82 **오셀로 · 템페스트** 윌리엄 셰익스피어 / 오화섭 옮김

★ 83 **맥베스** 윌리엄 셰익스피어 / 이종구 옮김

▽ 84 **순수의 시대** 이디스 워튼 / 이미선 옮김

★ 85 **차라투스트라는 이렇게 말했다** 니체 / 황문수 옮김

★ 86 **그리스 로마 신화** 에디스 해밀턴 / 장왕록 옮김

87 **모로 박사의 섬** H. G. 웰스 / 한동훈 옮김

88 **유토피아** 토머스 모어 / 김남우 옮김

★▲ 89 **로빈슨 크루소** 대니얼 디포 / 이덕형 옮김

90 **자기만의 방** 버지니아 울프 / 정윤조 옮김

▲ 91 **월든** 헨리 D. 소로 / 이덕형 옮김

92 **나는 고양이로소이다** 나쓰메 소세키 / 김영식 옮김

★ 93 **폭풍의 언덕** 에밀리 브론테 / 이덕형 옮김

★▲ 94 **스완네 쪽으로** 마르셀 프루스트 / 김인환 옮김

★ 95 **이솝 우화** 이솝 / 이덕형 옮김

★ 96 **페스트** 알베르 카뮈 / 이휘영 옮김

▲ 97 **도리언 그레이의 초상** 오스카 와일드 / 임종기 옮김

98 **기러기** 모리 오가이 / 김영식 옮김

★▲ 99 **제인 에어 1** 샬럿 브론테 / 이덕형 옮김

★▲ 100 **제인 에어 2** 샬럿 브론테 / 이덕형 옮김

101 **방황** 루쉰 / 정석원 옮김

102 **타임머신** H. G. 웰스 / 임종기 옮김

● 103 **보이지 않는 인간 1** 랠프 엘리슨 / 송무 옮김

● 104 **보이지 않는 인간 2** 랠프 엘리슨 / 송무 옮김

▲ 105 **훌륭한 군인** 포드 매덕스 포드 / 손영미 옮김

106 **수레바퀴 아래서** 헤르만 헤세 / 송영택 옮김

▲ 107 **죄와 벌 1** 표도르 도스토옙스키 / 김학수 옮김

▲ 108 **죄와 벌 2** 표도르 도스토옙스키 / 김학수 옮김

109 **밤의 노예** 미셸 오스트 / 이재형 옮김

110 **바다여 바다여 1** 아이리스 머독 / 안정효 옮김

111 **바다여 바다여 2** 아이리스 머독 / 안정효 옮김

112 **부활 1** 레프 톨스토이 / 김학수 옮김

113 **부활 2** 레프 톨스토이 / 김학수 옮김

▲● 114 **그들의 눈은 신을 보고 있었다**
조라 닐 허스턴 / 이미선 옮김

115 **약속** 프리드리히 뒤렌마트 / 차경아 옮김

116 **제니의 초상** 로버트 네이선 / 이덕희 옮김

117 **트로일러스와 크리세이드**
제프리 초서 / 김영남 옮김

118 **사람은 무엇으로 사는가**
레프 톨스토이 / 이순영 옮김

119 **전락** 알베르 카뮈 / 이휘영 옮김

120 **독일인의 사랑** 막스 뮐러 / 차경아 옮김

121 **릴케 단편선** R. M. 릴케 / 송영택 옮김

122 **이반 일리치의 죽음** 레프 톨스토이 / 이순영 옮김

123 **판사와 형리** F. 뒤렌마트 / 차경아 옮김

124 **보트 위의 세 남자** 제롬 K. 제롬 / 김이선 옮김

125 **자전거를 탄 세 남자** 제롬 K. 제롬 / 김이선 옮김

126 **사랑하는 하느님 이야기** R. M. 릴케 / 송영택 옮김

127 **그리스인 조르바** 니코스 카잔차키스 / 이재형 옮김

128 **여자 없는 남자들** 어니스트 헤밍웨이 / 이종인 옮김